Um Amor Literário

Letícia Malard

❧ Um Amor Literário ☙

Romance

Ateliê Editorial

Copyright © 2005 Letícia Malard

Direitos reservados e protegidos pela Lei 9.610 de 19.02.1998.
É proibida a reprodução total ou parcial sem autorização,
por escrito, da editora.

Dados Internacionais de Catalogação na Publicação (CIP)
(Câmara Brasileira do Livro, SP, Brasil)

Malard, Letícia
  Um amor literário: romance / Letícia
Malard. – Cotia, SP: Ateliê Editorial, 2005.

ISBN 85-7480-305-7

1. Romance brasileiro I. Título.

05-8826   CDD-869.93

Índices para catálogo sistemático:
1. Romances: Literatura brasileira   869.93

Direitos reservados à

ATELIÊ EDITORIAL
Estrada da Aldeia de Carapicuíba, 897
06709-300 – Granja Viana – Cotia – SP
Telefax: (11) 4612-9666
www.atelie.com.br
atelie_editorial@uol.com.br

Printed in Brazil   2005
Foi feito o depósito legal

Sumário

1 Escrever o Amor Literário 11
2 Iniciação Amorosa 27
3 Lou-Salomé 39
4 Não Tem Resposta 59
5 Forças Ocultas 81
6 Visitas 91
7 Doença de Amor 101
8 O Romance de Lutécia 113
9 Katmandu 131

Textos Lembrados 139

Cada qual sabe amar a seu modo: o modo pouco importa: o essencial é que saiba amar.

Machado de Assis, *Ressurreição*

Amar é a gente querer se abraçar com um pássaro que voa.

Guimarães Rosa, *Ave, Palavra*

1

Escrever o Amor Literário

Eu me chamo Lutécia, Lu para os íntimos. Minha mãe escolheu esse nome em um dicionário de cidades antigas. Lutécia era uma cidade da Gália, domínio dos romanos da Antigüidade, hoje conhecida como Paris. Minha mãe adorava Paris, menos por sua beleza e pela condição de capital do mundo, do que por sua riqueza e *status* de centro de moda. Minha mãe foi bela e elegantíssima, em sonhos desfilou para costureiros dos anos 30. Se dependesse dela, eu me chamaria Paris. Meu pai contra-argumentou: Paris lhe soava como nome de homem, Páris, com acento, um dos heróis da Guerra de Tróia, que raptou a bela grega Helena. Meus pais entraram num acordo e fiquei chamando Lutécia, ou seja, Paris antes de Cristo.

Já completei cinqüenta anos, fiquei viúva relativamente jovem. Nesta minha apresentação, gostaria de discorrer um pouco sobre meu estado civil, o qual cresce em número dia a dia, no Brasil e em outros países. Estatisticamente, toda mulher é uma viúva em potencial. Seu homem morre primeiro. E mais: salvo exceções, viúvas não derrapam em novo relacionamento depois da curva dos cinqüenta. Ficam muito exigentes, se foram felizes na união. Se foram infelizes, temem repetir a infelicidade. Confesso não ter certeza de que fui feliz. Como não é correto trabalhar com a exceção, deveria existir uma espécie de estágio preparatório para a viuvez feminina. Que ensinasse a mulher a sobreviver sozinha, sob todos os aspectos, depois de perder seu companheiro para a morte. Também, que a preparasse para encontrar outro companheiro, apostando em nova fase de vida, se for essa a sua opção.

Nascemos sós e morremos sós. Essa realidade banal é difícil de ser enfrentada por qualquer criatura humana. Imagine pelas mulheres que experimentaram os mais diversos tipos de dependência em relação à pessoa com quem viveram e conviveram por muitos anos. Com a viuvez, sentem que a casa caiu, o mundo desabou. Tanto o corpo quanto o espírito se tornam presas fáceis da depressão e de outras doenças, bem como predispostos ao isolamento e à solidão indesejada. Não raro apelam para derivativos inconvenientes, como, por exemplo: sem o menor preparo nem disposição nem local apropriado, as coitadinhas passam a criar animais domésticos (e não domésticos) – muitas vezes equivocadamente receitados por psicólogo –, substituindo gente por bicho em seu convívio social, criaturas causando aporrinhação aos outros. Milionárias não estão pagando uma fortuna para clonar seu cachorro ou gato de estimação que morreu?

Creio que um aprendizado prévio ajudaria a solucionar essas questões, presentearia a mulher com uma melhor qualidade de vida: independente de bichos e outras muletas. As "aulas" iriam amestrá-la para compreender que a vida continua – frase consoladora só no velório – e que não custa arriscar-se em outras emoções. Seu novo viver pode ser tão feliz e gratificante quanto nos tempos passados com aquela companhia que se foi. Se é para dar graças a Deus pelo desaparecimento da má companhia, quem sabe a nova vem a ser o seu oposto? Felizmente, não precisei desse tipo de ajuda, mas poderia ter precisado. Não fui melhor nem pior que as outras viúvas. Meu diferencial, comparada a elas, pode ser creditado aos muitos anos de análise ortodoxamente freudiana.

A opção convencional é não juntar-se oficialmente a outra pessoa. Existem viúvas que, tendo convivido mal ou bem com o seu homem, depois da morte deste adquirem uma liberdade de fazer inveja a outras mulheres, aí incluídas as mais jovens. Desabrocham para um novo existir. Descobrem, em si mesmas, aptidões nunca dantes reveladas, e as desenvolvem com sucesso. Demonstram habilidades para empreendimentos financeiros, quando mal sabiam fazer regra de três durante a união e nem sempre estavam aptas a preencher um cheque. Tomam iniciativas de pesadas responsabilidades e se saem a contento, ao passo que, na antiga vida, essas iniciativas se reduziam à administração do lar e às descomplicadas compras domésticas. É provável que a insegurança anterior tenha tido origem nas atitudes e ações inseguras do companheiro, que inibiam o autocrescimento da mulher. Viúvas que souberam dar a volta por cima precisam transferir suas experiências para aquelas em pleno mar da vida como uma nau sem rumo.

Relendo este início de romance, observo que necessito corrigir urgente sua rota. Sinto-me planando em asa-delta por sobre um abismo de auto-ajuda. Como não é esse o meu objetivo, vou fazer meia-volta e imprimir ao meu texto a direção que pretendo. No entanto, antes da manobra para evitar a queda-livre no precipício auto-ajudante que se descortina, ensaio mais um discurso sobre viuvez, a pedido do meu leitor amigo e cineasta Gualter Barros. Se você tiver paciência, verá sua suprema importância no desfecho de minha história. Por isso, dou-lhe antecipadamente uma colher-de-chá. Venhamos à digressão anunciada.

Viúva não é apenas a mulher que viu morrer o companheiro. É, também, aquela que viu perder o seu amor para outra mulher. Que continua amando-o, vivendo a seu lado, muitas vezes fingindo até para si mesma que nada sabe. Quando reconhece o desastre, quando este fica público e notório, arranja desculpas esfarrapadas para não se separar: filhos, problemas financeiros, doença, repercussões sociais. Por detrás de tudo isso, a bem da verdade existe apenas uma justificativa: a verdíssima esperança de tê-lo de volta a qualquer momento, num passe de mágica, como se fosse corriqueiro alguém amar a mesma pessoa duas vezes.

Há mulheres que ganham essa loteria da exclusividade, criando expectativas de louva-a-deus para as demais. Se o dia da sorte-grande não chega e o homem querido morre, a mulher oficial que lhe sobrevive se sente duplamente viúva: perdeu o amado que não voltou – mas poderia ter voltado –, perdeu o amado que nunca voltará. Não raro tem de passar pela mágoa e pelo constrangimento de presenciar uma ilustre desconhecida – a outra viúva – chorando desesperada, tanto quanto ela e durante horas a fio, à beira do caixão. A outra – última e verdadeiramente amada.

Faz parte do gênero feminino sobreviver do amor literário: amor do excesso, da exceção, do romantismo não datado. Não passa pela cabeça das "traídas" que o "traidor" tem também seus dias de cão: mesmo com duas mulheres simultâneas a seus pés, pode estar de olho numa terceira, numa quarta... E só por comodismo e condicionamento cultural não pula fora da "esposa" e da amante. Mas essa cachorrice – segundo a voz do povo – não é ingrediente da história que vou contar. Não mereceria nem ao menos ser evocada agora, a menos que a pós-modernidade do meu romance estivesse embasada numa associação de idéias capenga. Não desejo a capenguice. No futuro, quem sabe, escreverei um alentado ensaio sobre a poligamia – na vida e na Literatura. Mais adiante você vai deparar com um pequeno trecho a ser incorporado a ele.

Terminada a digressão que se anunciou, transposto o precipício do método de aprimoramento pessoal e respeitado o caráter pós-moderno deste livro, agora apresento-lhe o dono da história.

Meu amado – protagonista desta narrativa de amor literário – será chamado tão somente de "meu amado". Alguns anos mais velho, foi-me reapresentado por um amigo comum, numa festa de bodas-de-ouro. Meu amado, filho de embaixador, estudou em Paris – meu nome renomeado. Cursou a Universidade em Viena – onde viveram meus ídolos Freud e Lou-Salomé. Passava suas férias brasileiras na cidade em que vivo. Em uma delas eu, recém-saída dos cueiros, o conheci, de namorada em punho. Logo depois da formatura, meu amado instalou-se definitivamente no Brasil. Casou, teve três filhos e se divorciou sem brigas. A ex-mulher casou de novo, com um diplomata que atualmente serve em Viena. O meu amado tocou fazendas de café e gado, herança de família, no Sul de Minas. Está no segundo casamento, mas creio que se enrola facilmente com mulheres. Assumiu a direção de uma poderosa empresa, adquirida com os lucros da exportação de café e carne bovina. Foi transitando pelas dependências daquela empresa que aprendi a ser infeliz para sempre, conforme o que se narrará neste romance.

Sou uma literata que acredita na Literatura. Para quem não tem certeza: literata é quem trabalha com Literatura, escreve ou lê Literatura. Minha profissão é ler, pesquisar e escrever, depois transmitir aos outros o que li, pesquisei e escrevi. Transmissão oral sob a forma aula, palestra, mesa-redonda, orientação de trabalhos, programa de rádio e de televisão. Na televisão e no rádio, é comum eu ter só dois minutos para falar sobre os "conflitos humanos" na obra de famosos escritores. As transmissões por escrito ocorrem em textos de crítica ou análise literária, publicados em livros, revistas, jornais. Carrego quase meio século de baús literários alheios – romances, poemas, contos, crônicas, peças de teatro, ensaios e outros tantos textos de caráter indefinido. Trinta anos vivendo e trabalhando com Literatura, dia e noite comendo, bebendo, amando e dormindo Literatura.

É um trabalho e vida de amores e amizades difíceis. Amores de viva luz porque me relaciono com iluminados seres de papel, criaturas de opostas idades que exigem a mesma compreensão e simpatia que dedico a seus inventores. De sol a sol, vivo e labuto numa biblioteca. Monteiro Lobato e Ernest Hemingway, a Emília no Sítio do Picapau Amarelo e o Velho no Mar estão ali vivos, a meu alcance, cobrando, cada qual a seu modo, minha atenção de leitora-crítica para travessuras inteligentes e travessias perigosas. Meu fazer crítico-analítico nasce de atenção concentrada.

É um trabalho e vida de convivência com figuras amigas e inimigas, sinceras e traidoras, honestas e bandidas, gente em eterna fuga das armadilhas que os escritores inventam ou reinventam. Pelos ossos do ofício, intrometo-me no cotidiano dessas pessoas complexas, tento explicar o tantas vezes inexplicável. Leio, penso, esquematizo para falar ou escrever. Minha primeira e corajosa obrigação é interpretar, descobrir mensagens ocultas, ler as entrelinhas das páginas. E vou interpretando, descobrindo, entrelendo.

As beatas em passeatas contra as aventuras da inventada Hilda Furacão na zona boêmia, anjos hipócritas que não sabem o que fazem em Belo Horizonte. Bentinho, Capitu e Escobar, figuras complicadas de Machado de Assis, o triângulo mais discutido da nossa história literária: amizade, traição e até homossexualismo: "– Um caso de fidelidade ou uma trinca de traídos?" – vai perguntar o entrevistador. "– Questão desimportante em face da grandeza de outras questões do romance" – respondo como especialista.

O padre Antônio Vieira, indignado politicamente em mil seiscentos e tantos, num sermão chegou a acusar a Deus de protestante porque permitia a invasão dos holandeses na Bahia. Por pouco não foi queimado pela Inquisição. Questão de política, de religião? Nada disso. Mais um recurso de estilo, do malabarismo barroco daquele sacerdote. Trezentos anos depois, outro padre, bandido porque apaixonado, fugia com uma moça na poesia de Carlos Drummond de Andrade. Poema engajado contra a proibição do casamento para os pastores da Igreja Católica? De forma alguma. Poema de quando

"o homem é apenas homem
por si mesmo limitado,
em si mesmo refletido;"

Não me canso da vida entre livros, de enfrentamento com situações que me desarmam, me desconsertam. Camões falava do desconserto do mundo. Quando hoje me perguntam o que é Literatura, respondo que é a atividade especializada em desconsertar o mundo. Um dos modismos dos estudos literários recomendaria dizer "desconstruir". Para mim, não é a mesma coisa. "Desconsertar" pressupõe quebras, remendos, imperfeições prévias, ou seja, algo que já foi consertado, reciclado, que perdeu sua condição original, do novo ou da novidade, por ter sofrido desgastes. Um mundo desconsertado é, no final das contas, um mundo avariado, desarranjado, necessitando reparos no todo ou em parte. "Desconstruir" é negócio mais erudito, já implica em separar por pedaços a fim de reajuntá-los em outra formatação ou mantê-los desformatados.

Se concordo com a pesquisadora búlgara Julia Kristeva, em que o texto literário é a retomada, a reforma, a reorganização, o rearranjo, enfim, a releitura de textos que o antecederam, Literatura é desconserto, não é desconstrução. O escritor funciona como um antimaestro: desconcerta textos a seu bel-prazer, desafina o que outros afinaram.

Daí situações arquitetadas dentro da própria escrita cuja significância preciso encontrar, inclusive junto com os alunos que oriento. Um está fazendo tese sobre o romance *A Menina Morta*, de Cornélio Pena. Naquela fazenda do século XIX, a vida gira em torno da menina que morreu. O brilhante aluno que estudava o romance durante dois anos, pergunta, depois de noites insones: " – Que diabo de menina morta é essa, que o Cornélio Pena inventou?" Difícil descobrir. A morte em si já é desconserto, não desconstrução. Mas a morte de uma criança é duplo desconserto, é desafino com os setenta e seis anos da duração normal de uma existência.

Muitas obras desconsertantes levam décadas para se tornarem geniais. No princípio, quase ninguém entendeu as mil páginas do *Ulisses* de Joyce, que narra vinte e quatro horas na vida de um irlandês comum. Escrito na aurora do século XX, foi considerado o melhor romance do século. Até então, o único Ulisses genial de fato – como representante da infância literária da humanidade, conforme afirmaram Marx e Engels – foi o herói de Tróia, na epopéia de Homero. Mais de mil anos depois, talvez na velhice da humanidade, esse novo Ulisses desconserta a literatura ocidental. Das letras brasileiras, Guimarães Rosa é um grande desconsertador. Tive colegas-professores que não conseguiram ler nem vinte páginas da obra-prima *Grande Sertão: Veredas*, no ano em que saiu.

Então, o profissional da Literatura é aquele que trabalha com o desconserto, não para consertá-lo, mas para tentar compreendê-lo, explicá-lo e melhor senti-lo. Sentimento, emoção, emoções – essa é a chama, a chave. O trabalhador da Literatura é o psicólogo das pessoas encadernadas. Não no sentido de empregar métodos da Psicanálise na análise do texto, o que até pode acontecer, mas no sentido de escutá-lo com razão e sentimento.

Assim escutei o que escreveu Maria Rita Kehl, respondendo sobre coisas para fazer antes de morrer: "Muitos anos antes de morrer já estou convencida de que finjo que a vida é Literatura. Não vou mudar isso justamente antes de morrer. Quem sabe, no máximo melhorar o enredo. E transitar melhor entre os gêneros". Uma literata, no meu sentido, não finge que a vida é Literatura. Ela sobrecarrega de Literatura a vida. Sua vida não é um romance, nem daria um romance. Mas, de tanto ler romances e seus parentes próximos – poemas, contos, crônicas, teatro – ela processa a vida como se fosse um romance.

Um belo dia resolvi arrumar os tais baús, examinar os objetos neles guardados, compará-los entre si, classificá-los por assunto. Lembrei-me do surrealista francês Benjamin Péret, ao dizer que "a produção literária, teatral e cinematográfica mundial, em sua quase totalidade, trata do amor sob todas as formas". Ouso ir além: essa produção não apenas trata do amor, mas nasceu com o objetivo primeiro de falar sobre o amor. A palavra "romance" é de origem francesa e foi direcionada para designar histórias de amor.

De uma forma ou de outra, todos os textos falam de amor, porque essa é a função da Literatura, desde que o mundo é mundo: amorar, verbo que, com esse significado, acabo de inventar – viver de amor, viver para amar. Não estou falando de amor-sexo, mas de amor-sentimento, de amor-emoção, por mais que se tente mostrar que os diversos amores sejam interligados. Flávio Gikovate foi curto e grosso, no *Café Filosófico*: "amor é amor e sexo é sexo". Convém lembrar que os laços entre sentimento e sexo somente foram amplamente divulgados pela Literatura há pouco menos de cem anos. E os meus baús guardam coisas bem mais antigas.

A manjedoura da Literatura é o próprio amor-emoção, mesmo quando esta ainda é uma criança, porque incrustada no Mito. Veja-se a *Ilíada*, um dos primeiros poemas que a humanidade produziu: narra a história de uma guerra de dez anos para demonstrar como o amor de Páris e Elena causou a destruição de Tróia. Veja-se a *Odisséia*: o que ficou na memória da humanidade não foram as aventuras do bravo Ulisses, mas a sedução das sereias pelo cantar, e a de Penépole pela fidelidade, tecendo e destecendo o mesmo fio à espera do retorno do esposo. A versão brasileira desse Ulisses, sob a forma de professor de Amor, é a de Clarice Lispector, em *Uma Aprendizagem ou O Livro dos Prazeres*. Ulisses pergunta à amada Lori: "– Amor será dar de presente um ao outro a própria solidão? Pois é a coisa mais última que se pode dar de si".

De solidão de amor falam as cantigas de amigo e de amor em galego-português, suas influências árabes – origem da poesia portuguesa, de onde nasceu a poesia brasileira. Vejam-se os chamados romances de cavalaria, em que o amor humano e o divino se entrecruzam. O cavaleiro medieval se empenha em heróicos feitos, aí incluída a busca do cálice em que, segundo o mito, Cristo bebeu o vinho na última ceia. O objetivo das ações heróicas do cavaleiro era aparecer diante de sua eleita e ser aceito pelo seu coração. Até Lancelot, símbolo de perfeição dos cavaleiros andantes, é maculado por seu amor proibido à rainha Ginevra, esposa do rei Artur. Para ouvir a história de Tristão e Isolda – que morreram de amor –, os trovadores medievais chamavam o povo ao salão de um castelo e ali reviviam o sublime e trágico mito. E desse modo caminha a história do amor falado, escrito e reescrito.

A trajetória de um amor particularizado tem poucos momentos de felicidade, mas transborda de infelicidades, de fantasias negativas. Porém, o final feliz é bem mais comum do que o infeliz. Ainda assim, o final feliz traz em seu bojo indícios de precariedade temporal caso a narrativa prossiga. Porque os problemas amorosos são resolvidos a toque-de-caixa no tempo da narrativa, a qual, no fim das contas, necessita de ponto final. O narrador tem de matar ou fazer desaparecer personagens que podem lançar vivas luzes sobre ações de outras.

Em compensação, o final infeliz pode ser o coroamento dos momentos felizes. Ou a fraqueza de não desejar intensamente. Ou a impaciência diante do sofrimento. Romeu e Julieta preferem se amar muito e depois morrer, ao invés de lutar para que suas famílias inimigas aceitem seu relacionamento. Se a Madalena de Graciliano Ramos não cometesse suicídio, o marido Paulo Honório não seria um homem arrasado. Contudo, a Literatura não trabalha no condicional. Os dados são lançados e os lances não têm como abolir o acaso. De nada adianta chorar sobre o leite derramado. O leitor comum chora. O crítico literário não tem esse direito.

Se, depois de submetidos a várias provas, os amantes encontram a felicidade, a história acaba, deixando a ilusão de que foram felizes para sempre. Esse é o prêmio do leitor. Sendo leitor adolescente, pede à professora que não marque livro depressivo, de final desgraçado. Os jovens sobrevivem da alegria ruidosa, não assumem fracassos. Sendo leitor adulto compulsivo, sai à procura de outra história para defrontar-se com novos trajetos amorosos e suas armadilhas a serem dribladas, até se chegar a um *happy end*. Ilusão: a felicidade não é uma Arte nem pressupõe guias práticos.

Estou escrevendo um romance que se pretende narrativa de uma síntese, uma impressão, uma recriação de tudo o que li e interpretei de amor na Literatura dos meus baús. Um romance de amor que poderá parecer piegas e fora de moda aos olhos de muitos leitores. Narrativa escorregadia em auto-ajudas, para boa parte da crítica. De amor idealizado, romântico e extemporâneo, selecionado dentro do que há de pior nos mitos e na literatura menor, concluirão acadêmicos-leitores profissionais. Amor maníaco-obsessivo, de traumas infantis não resolvidos, dirão psicólogos e psiquiatras ortodoxos. Amor submisso e subalterno, que vai contra todas as conquistas da mulher moderna, será a opinião de feministas à beira de um ataque de nervos. Amor-apego, antizen, para um ou outro admirador e talvez desejante da encarnação de Buda. Amor típico do individualismo despolitizado – vão afirmar os indivíduos da esquerda radical. Amor adoçado pelo glacê da ironia, interpretará minha colega irônica Nandy Cabral. Amor excessivamente salgado pelas lágrimas de uma narradora chorosa, que levará centenas de leitoras a chorarem junto com ela, irá contradizer minha amiga Angelita Santos.

Amor imaginário, fanático e transferido, classificará meu primeiro crítico literário, José Sant'Ana. Amor-Loucura, igual a todo infinito amor – pontificará o mestre João de Assis Everest. Amor multiculturalizado em um romance-ruptura do tradicional – vão dizer os colegas e renovadores críticos universitários.

Depois de ler essas avaliações pré-apresentadas, o leitor poderá estar refletindo: Essa narradora-autora é esquisita. Tanto na vida quanto na Literatura, o padronizado é a crítica de um livro vir depois da leitura do livro, feita por seus leitores e/ou por críticos profissionais. Aqui, não. A narradora já se posiciona como autocrítica, pressupondo, no início do livro, o que vão dizer dele.

Esclareço ao leitor que não sou esquisita. Ansiosa, sim, pois estou antecipando na Literatura a minha hora do pesadelo na Vida. Nesta ouvirei, sem saber onde estará a verdade, diversificadas e querelantes opiniões sobre este romance. Tal pluralismo contraditório e relativista – mas não contraproducente – segue o figurino da Teoria Literária Pós-Moderna, irmanado com as regras de etiqueta da Democracia: todos têm o direito de se expressar sobre qualquer assunto e como quiserem.

Quaisquer que sejam as opiniões sobre este romance de amor, será difícil negar que, conforme já foi dito, ele seja exclusiva invenção minha, fotocópia de algum amor que tive ou tenho. Esse amor – não o meu, mas o do meu romance – está escrito nos astros guardiões da terra, das águas e dos homens. Ele subsiste inscrito na história literária da humanidade. Ele se repete e se multiplica por todos os séculos dos séculos, enquanto houver civilização escrita.

Por isso, o caráter fragmentário, de estraçalhamento e estilhaçamento, deste meu romance. Por isso, sua configuração por idéias associadas, num procedimento semelhante a colagem e montagem de páginas de livros que percorro com o olhar daqui de baixo para cima, na extensão das prateleiras, à procura de sugestões e inspirações para formatar e correlacionar o meu texto. Por isso, sua estrutura desconsertante, seu tempo seqüencial, seus episódios empilhados, seu espaço escancarado, sua linguagem quase desmetaforizada, seu estilo oral e despojado. Seus cacoetes professorais que não consegui evitar.

Sou uma autora-narradora que buscará representar amores dizíveis pela Literatura, numa linguagem de fácil entendimento, jornalística, para alcançar o maior número possível de leitores, para fazer com que não leitores se tornem leitores. Estou escrevendo um romance sobre o amor feminino, num discurso feminino. Tem como narradora uma mulher-símbolo das personagens femininas que vivem e morrem de tanto amar, na literatura de todos os tempos e lugares. Se você não gostar da minha proposta, paciência. Ao menos por curiosidade, espero que você chegue até à última página. Quem sabe muda de idéia?

Há romances em que o amor de uma mulher se manifesta de modo tão intenso que ela sofre um processo de regressão e submete o amado à condição de filho. Tais romances fotografam o real da maternidade. Inconscientemente, nós mulheres tendemos a bancar a mãe do nosso amado, mesmo quando somos muito mais jovens do que ele. Nas situações de ternura o chamamos de "meu filho", "filhinho", "neném", nomes-fantasia do amado em criança, como lhe chamou a mãe. Há homens que também assim procedem, nos tratam como filhas. Mas aí é outra história. E existem aqueles que por nós se apaixonam perdidamente, quando temos a idade da sua mãe.

Talvez seja devido a essa nossa maternidade postiça que, via de regra, as sogras não gostam das noras e vice-versa. Esse desacerto tem sido objeto de estudo não só da Psicologia, como também da Antropologia. A hostilidade sogra-nora evidencia-se em centenas de culturas, a começar pelas narrativas míticas primitivas. Entre os índios do Alto Xingu, o mito de origem da humanidade narra como os gêmeos Sol e Lua – tirados do ventre da mãe assassinada pela sogra em um conflito doméstico – deram vida aos primeiros humanos.

A raiz dos desentendimentos nesse parentesco pode estar na disputa oculta entre a maternidade real e a projetada. Escrevi um artigo sobre esse assunto, numa revista acadêmica. O cineasta Gualter Barros me contatou, encomendando o roteiro de um filme sobre o amor maternal (não confundir com o amor materno). Ele queria três histórias, técnica comum no cinema europeu dos anos 70. Queria também que eu mesma, Lutécia, fosse a protagonista, e aceitei. A primeira história começava no Dia das Mães. Para captar o sentimento maternal na relação amorosa, iniciei o roteiro com uma carta ao homem amado, abrindo a possibilidade de o diretor teatralizá-la ou não. Seria dedicada às mulheres que amam como se assumissem a maternidade do seu amor, e dizia mais ou menos assim:

> Querido Roberto Carlos:
> Quero brincar com os caracóis dos seus cabelos no meu colo, enquanto lhe conto histórias de dormir: Era uma vez uma pastorinha de nome alegre, que vivia triste do muito não-amor de um príncipe...
> – E o que é "não-amor", mamãe?
> – É quando a pessoa fala que já cansou de falar pra gente que não ama a gente. Já cansou, entende? Igual mãe falando pra menino ser obediente, e menino continua desobedecendo porque não tem jeito de parar de desobedecer. Isso cansa a mãe, não cansa? É a mesma coisa.
> Cortar as suas unhas, sujinhas de catar formiga na terra e de fazer bonecos de barro.
> Perguntar se escovou os dentes direitinho, para não abrir panelão.
> Saber se já fez o dever de Língua Pátria e decorou a tabuada do vezes 6.
> Ouvir que sarou a dor de barriga por conta de tanta manga-rosa.
> Passar mercuriocromo no joelho esfolado de queda da goiabeira.
> Deixar o lampião aceso a noite inteira, pro menino não ficar com medo das almas penadas.
> Meu menino menininho, de olhos-cor-que-nunca-vi. De coração de amor nunca-tão-e-tanto-amado. De coragem corajosa, meu príncipe valente, cavaleiro do Rei Artur, bruxinho Porter.
> Feliz Dia de Mim.

Na cena seguinte, o homem amado mostrava a carta para sua mãe e minha sogra – que dizia me adorar, ser a minha segunda mãe. O resultado foi desastroso: ela torceu o nariz, devolveu ao filho, com frieza, o papelzinho borrifado com o meu perfume Amarige, me achou esotérica por ter adivinhado como ela tratava seu filho em criança. Perguntou se eu estava mexendo com essas coisas de incenso e velas. Não, não estava. Inconscientemente eu invadia seu espaço materno, me instalava nele. Acabara de fazer exatamente aquilo que ela gostaria de saber fazer: escrever Literatura, mandar uma bela carta de amor materno para seu filho, no outro lado do mundo. Ela precisava, coitada, de uma ajuda para boa redação.

Assim, justo no Dia das Mães do filme, minha sogra e eu começamos a nos desentender, a não respeitar nossas fronteiras territoriais no coração de seu filho e meu amor. No cinema, é claro. Ambas culpadas, devoradas pelo ciúme, pela competição estapafúrdia. Até o dia em que ela nos mandou um recado: nunca mais pisaria em nossa casa. Desavorei-me, tentei contemporizar, mas era uma batalha perdida. Meu marido sofria, eu com ele. Ela veio a morrer atropelada numa tarde chuvosa, atravessando fora da faixa uma avenida de Paris. Triste coincidência: já tendo morrido em mim e eu nela, acabou morrendo literalmente na cidade que já se chamou Lutécia, este nome que carrego comigo.

A segunda história do filme se encenava no clima de *Uma Aprendizagem ou O Livro dos Prazeres*, o romance de Clarice. Lori recebe do seu professor de amor as mais belas orientações de vida amorosa. Beleza de conteúdo e de estilo. A paixão de quem é orientado por quem orienta. De professora por aluno. E vice-versa. E as armadilhas da adolescência. No meu roteiro, a mulher que ama como se fosse mãe do seu amor, na primeira história, na segunda é amada também como se fosse mãe:

O gatinho fofinho convida para um chope, dizendo querer conversar urgentíssimo sobre a tese. Entram no *point*, as meninas olham invejosas. Com certeza pensam ser o aniversário da mamãe. Desperdício um filezinho daquele, a sós com a coroa, em plena sexta-feira à noite.

E o gatinho tá que bebe, monossilábico. Já chapado, abre:

— Tenho um negócio pra te falar.

A mamãe fantasia: lá vem rolo! Quer desistir da pesquisa, tem bolsa, vai precisar devolver o que já recebeu, lá vai ela discutir em Brasília, no CNPq. O geninho encara:

– Vou ter de mudar de orientador. Estou ficando apaixonado por você.

A doutora, tarimbada:
– Depois vamos conversar sobre isso.

Mas, como não é de deixar as coisas para depois, liquida logo:
– Olha. A bem da verdade, você está se apaixonando é por sua mãe. Influenciado pelo *Tudo sobre Minha Mãe*, filme do Almodóvar, que você deve ter visto ou ouvido comentar. Tudo a ver. Que tal um terapeuta?
– Você ama alguém?
– Em que isso pode interessar?
– Curiosidade.

Para despedaçar qualquer esperança, a orientadora optou por mentir:
– E se eu dissesse que ele foi colega de turma do seu avô?
– Essa não. Te levo o requerimento na segunda-feira e vou correr atrás do analista.
– Ok. Faz bem.

Durante uns três meses o menino ligava, mandava flores com cartõezinhos amorosos. Fazendo análise, escrevia que estava aprendendo a desamar-me. Um dia citou uma frase do conto "O Búfalo", da mesma Clarice: "Onde aprender a odiar para não morrer de amor? E com quem?" O diretor do filme pretendia transmitir esta mensagem: o gatinho não se limitava a querer desamar-me. Queria muito mais: que o analista lhe ensinasse o ódio – fim da linha de tantos amores.

A terceira história, não pude escrever: minha bolsa de pós-doutorado saiu inesperadamente, e me mudei para Paris. Além de ir morar no meu nome, iria gozar a vida na cidade que é uma festa e vale uma missa.

2
Iniciação Amorosa

Livros de formação, de memórias que começam na infância e na adolescência, formatam uma vertente temática dos que praticam a arte da felicidade (ou da infelicidade) também através da escrita de suas lembranças. Nessa ótica, Raul Pompéia é emblemático: *O Ateneu* não é o romance da felicidade de um menino-estudante, mas é um dos mais bem elaborados retratos do internato de meninos no século XIX. O incêndio que acaba por destruir o colégio representa um rito de passagem daqueles jovens para a idade adulta, a explosão e a implosão de valores morais, éticos e sexuais de garotos confinados em uma prisão necessária, afastados da família, em processo de preparação para a vida. Que preparo? Que vida?

Adentrando o século XX, emerge a professora particular, alemã, no *Amar, Verbo Intransitivo*, de Mário de Andrade, encenado no reduto da burguesia paulista. E, no Nordeste, desponta José Lins do Rego, menino de engenho em seu primeiro romance, fascinado pela figura do avô e grande latifundiário José Paulino, "um santo que plantava cana". O coronel castigava violentamente seus escravos, e estes nem mostravam cara de desgosto, relembra o menino, iniciado pela negra Zefa Cajá. Zé Lins, que mais tarde aderiu ao Partido Comunista, foi doidinho no segundo romance – o livro de seu internato na capital: *Doidinho*.

Aí, os mesmos problemas de Sérgio, o personagem de Pompéia, e do adolescente de Mário. Tanto em Pompéia quanto em Mário e em Lins do Rego, o amor é degradado, reduzido à mera iniciação sexual: as mulheres a quem os garotos se ligam são subalternas, serviçais. A iniciação desse modo tratada não se constitui em novidade literária. Pelo contrário: ela se reduplica pela literatura de todos os períodos. Diversamente do que ocorre na literatura (na vida) atual, as primeiras experiências sexuais do homem pressupunham a iniciativa de uma mulher experiente, disponível, muitas vezes grotesca. Mulher-Objeto, submetida e submissa, mulher que ainda não alcançara o estatuto dos direitos igualitários.

Raramente comparece na literatura realista e modernista o menino que foi para o internato e lá ficou inocente e bem comportado, sonhando com a menina que deixou em sua terra. Um ou outro poema nessa linha dessexualizada se encontra nos livros da série *Boitempo*, do itabirano Drummond, ao tematizar sua vida de aluno interno em Friburgo. Ele não fala de amores puros, mas também omite a explosão adolescente da sexualidade.

Celebrando o contido poeta dessas lembranças, eu, que já escrevera o roteiro de duas histórias para um filme sobre amores maternais, iniciei-me na arte poética tematizando a época da inocência. Um jornalzinho de Piratiba iria homenagear alguns poetas com poemas de outros poetas que nunca tinham feito poesia. Foi assim que, evocando Drummond, fiz estes versos e dediquei-os aos homens da minha geração que estudaram em regime de internato e que, domesticados pela religiosidade, sublimaram o sexo:

Colégio Interno

O menino e seu despertar:
Em vôo-pássaro à luz de auroras,
no acender das velas
para a missa de frio e sono,
o pensamento vence distâncias
por sobre os lençóis de bruma

que mal redesenham
a branca e barroca arquitetura –
irrevelada e só, na planície de esmeralda.

E a saudade se querendo verde.

O menino e seu dever:
Em solidão desinfeliz na sala de estudos
Dom Bosco do quadro lhe sorrindo
salesianamente.
Tinteiro e pena a postos
enfeites para gravar arabescos
com sangue azul na folha branca
pronta a ouvir e entender estrelas.

E a saudade se fazendo letra.

O menino e seu saber:
História, Religião – inconfidências
em Cachoeira do Campo.
Sorri da fraude oficializada
no primarismo da ilustração:
Tiradentes esfumado na página
e o Crucificado pendente da parede
a mesma tragédia em rostos idênticos.
Corda e coroa – a só diferença.

E a saudade – pescoço na forca, cabeça em espinhos.

O menino e seu desejo:
errante do interdito ao permitido
chega à janela, espia. Por entre o leque das palmeiras –
o horizonte belo, as manchas do luar, o cristal da chuva.
No pátio a fonte cantante
em eterno fluir distorce a imagem-narciso
Sant'Ana e o Santo no espelho ondulado.
Longe do olhar adivinha o prazer:

A cascata flutua transparências e arrepios
a rampa estende mágica ponte entre o ali e o mundo.
E a saudade espreita
detrás de cada lua, tronco e fio d'água.

O menino e sua música:
Pelo ar lhe chega,
dos bichos da mata, o canto:
A cigarra morrendo
nas asas da tarde.
No sinistro da noite
a coruja traduz agouros.
Sapos e grilos
na sinfônica sem maestrina
prenunciam fantasmas.

E a saudade destoa em ritmo alucinado
comprime-se nas dissonâncias.

O menino e seu amor:
Antes do sono o coração aperta
a casa da infância nos longes
o quintal de brincar e brigar
um jardim de dálias – flor grande demais
para prender as tranças
da princesa encantada
cativa no beijo de adeus.
Menina viajante para outras terras
no País do Nunca Mais.

A saudade – uma mulher, um carinho, uma flor.

O menino e sua dor:
Na palma da mão crispada risca
espreme gotas de sangue
o M de Mãe cujo nome principia.
E de ponta-cabeça o duplo V

de Velhas? Rio de banhos e pescarias
não de morrer afogado.

A maior saudade, essa.

E o menino alcança outro viver
de desconhecido conhecer.

O Primeiro Amor

Roteirista de filme sobre desencontros amorosos mediados pela figura da mãe, e poeta bissexta de temática da infância sublime, considerava-me aparelhada para escrever uma História de amor, com H maiúsculo. Desde as suas inocentes origens. A História de um amor, do amor desta Lutécia narradora e escritora de seu primeiro romance. A narrativa começa na leitura do jornal.

No Caderno Agropecuário, uma chamada para a exposição na Fazenda Ana Lúcia. Sem nunca ter ouvido falar nessa fazenda, pergunto ao primo fazendeiro, na sala de ginástica:

– Você vai?

– Não. Nenhum interesse nesse tipo de gado...

– Queria ir, ver como é. Vontade de conhecer essa fazenda...

O primo não estava entendendo aquela conversa, a prima nem fazenda tinha. Entre as linhas daquele jornal, revi a infância, parti para o troca-letras:

Queria ser uma vaquinha
No plantel do seu coração.

Queria ter uma vaguinha
No cartel do seu coração.

E voltei para o presente, pensava enquanto fazia minhas abdominais: se eu fosse milionária, teria acesso fácil àquela fazenda. Um simples telefonema da secretária resolveria tudo:

– Dona Mercês, liga para o Dr. Castro Aranha e fala que estou precisando dar umas matrizes de presente. Fala que pago acima do mercado, à vista. Fala também que quero ver a mercadoria pessoalmente, na fazenda dele, acompanhada pelo proprietário. Reforce que não trato com intermediários.

Não sou milionária e a chance de ganhar na loteria é zero. Não tenho secretária executiva. Melhor fincar o pé na realidade.

O passado novamente tentava: lembrei uma foto minha, de uniforme, treze anos parecendo onze. O moço bonito estudava na Áustria, era aspirante a médico. As meninas achavam os estudantes de Medicina muito metidos: botavam defeito nas barraquinhas do colégio, oportunidade de as internas arranjarem namorado. Nem olhavam para as pirralhas, as menores de quinze, como era o meu caso.

Pirralha. Uma pirralha sonhando com o namorado da Ana Lúcia. Velho, muito Clark Gable. E os casos do namoro. De dar inveja, filmes da Metro passando e perpassando no jeito doce e apaixonado de narrar da Aninha. Palavras mágicas que faziam de um mocinho tímido que falava *I love you* o mais belo galã do cinema. Que beijava igual em *E o Vento Levou*. Que sabia alemão, além do inglês. Que gostava de valsar como nenhum outro, ao som de *Contos dos Bosques de Viena*. Que ia dar vontade na gente de, por mágica, viajar de táxi para Viena d'Áustria, se o Antônio Torres já existisse como romancista. A Ana Lúcia sabia contar bonito o amor, cheia de reticências, de lacunas introduzidas por "Isso não vou dizer porque é coisa só de nós dois". Então os olhos das meninas faiscavam, suplicavam detalhes. O não-dito secreto repaginava-se nas mais românticas cenas dos romances de Madame Delly ou das matinês do Cine Colúmbia. Era o personagem e o artista em carne-e-osso, lindo de morrer, par ideal para dançar *La vie en rose* nas festinhas de aniversário. E valsas de Strauss nos bailes de quinze anos. A Aninha detalhava:

– Os olhos dele mudam de cor, gente. Quando o sol bate, de mel vão passando para cinza, depois verde-clarinho...

A pirralha foi confidenciar à freira, mestra-de-classe:

– Estou apaixonada pelo namorado da Ana. O que vou fazer?
– Qual Ana?

— A da casa amarela da esquina.
— O quê? Pode desistir. Ele não vai dar confiança para pirralhas...
— Como que a senhora sabe disso?
— Conheço. Você é muito criança. Ele não vai querer trocar.
— Então, o jeito é ser freira!

Assim ficou decidido. Para as meninas, as freiras eram mulheres que um dia morreram de tanto amar. Mulheres de novelas do rádio, anteriores à era da televisão.

Agora, no presente. A freira velhinha, de cama, cercada por ex-alunas, perguntou a esta Lutécia:
— Você se lembra da sua paixão inútil pelo namorado da Ana Lúcia?

Tive vontade de marcar com ela uma conversa para o dia seguinte, abrir meu coração: hoje, além de não me querer, ele me rejeita, me esmaga entre as unhas como uma pulga, um piolho. Mas, intimidada pelas colegas, respondi que era confusão dela: que o Celso, namorado da Katarina, foi que acabou com ela para me namorar. Os risos demonstraram divertimento com os macaquinhos no cérebro da inesquecível Mestra.

Arrependo-me de ter sido uma garota bem-comportada, tipo Helena Morley em sua vida de menina. Se eu estudasse num colégio leigo, teria sido mais atirada: desprezaria a opinião da freira e iria à luta pelo meu amado. A Ana Lúcia que se danasse. Não lutei, recalquei o meu desejo no projeto de entrar para o convento. Ainda bem que ele fracassou.

Acabo a minha hora de ginástica, chego à janela. Em frente ao prédio, aquela menina de sempre, suja e descabelada, cheirando cola e roubando comida na feira, incomodando os outros. Seus traços são bonitos, o corpo bem definido, séria candidata à prostituição. Já foi recolhida e libertada várias vezes. As liberdades formais do capitalismo, o mito do direito de ir e vir impedem que ela abandone a vida na rua, que lhe obriguem a freqüentar escola e usar anticonceptivo. Esta sociedade precisa de mão-de-obra barata, dos pequenos crimes para alimentar a grande corrupção. Precisa dessa menina, dos filhos de rua que essa menina vai gerar, essa menina-ratazana parideira de ratos que crescerão como ratos destinados ao subemprego, ao furto, ao tráfico. Ratões que irão votar no último que aparecer prometendo dentadura ou cesta básica, impunemente.

Observo a menina e descreio no País. Por alguns minutos esqueço a minha história pessoal, de burguesa educada em colégio de freiras, e me projeto naquela quase criança. Será que ela teria um amor, tal como eu tinha, na sua idade? Será que, naquela vida degradante, sob os olhos indiferentes das autoridades graças a Deus cumpridoras da Constituição, ela sabe o que é amar? Se soubesse e amasse, ele seria um igual, abandonado ao deus-dará e sem futuro que nem ela? E se ele fosse um dos filhinhos-de-papai que moram no meu prédio, menino que ela olhava de longe, sabendo-o tão inalcançável quanto um planeta? Eu, como literata, imagino qual seja a sua linguagem de amor. Se eu fosse uma menina-infratora, falaria deste jeito para o ficante dos meus sonhos:

E aí, meu rei? Firmeza? Se liga na mexerica: não quero te ver pegando ar comigo. Também não fica bom ser vítima de Zé Povim, que até parece que tem passagem, agüentar neguinho cometendo B.O. Meu dodói é fita de mil graus, já paguei mó mico por conta dele perto das secretas.

É caraca ser seu pé-de-breque, bom mesmo era você colar em minhas gomas. Sei que tá garrado na salsa, é muito tosco sempre te ver laborando na maior rolha. Sei que cê não é, tipo assim, por cima de mim só avião. Cá e lá, também não sou nenhuma mudrunga nem pirangueira e tenho um apá de coisas pra reportar. Reconheço que vivo panguando, pareço tabacuda, saco de vacilo. Tem hora que dá vontade de sair foscando tudo com seu regê. Se liga na bolinha dos zóio, ô bró. Bicota.

Em tradução quase simultânea, linguagem de literata profissional:

E então, meu querido? Tudo bem? Presta atenção: não quero que você fique bravo comigo. Também não é bom ser vítima de pessoa que faz fofoca e provoca brigas, de gente que até parece que já foi punida por isso, agüentar pessoas se queixando. Minhas preocupações são bem legais, já cometi as maiores gafes por causa delas diante de pessoas que adoram tomar conta da vida alheia.

É péssimo ser alguém que atrapalha a vida dos outros, o melhor seria você aparecer lá em casa. Sei que anda ocupadíssimo, é esquisito sempre te ver "trabalhando" sob pressão. Sei, também, que você não é o tipo de gente que se acha superior aos outros. Afinal, não sou nem mal arrumada nem egoísta e tenho muitas coisas para te contar. Reconheço que vivo fora de controle, pareço idiota, sem tomar atitude. Às vezes tenho vontade de escrever seu nome em tudo quanto é lugar. Presta atenção no que estou falando, meu irmão.

Beijo.

Algum vocabulário necessário:

se ligar na mexerica = prestar atenção
pegar ar = ficar bravo
Zé Povim = pessoa que faz intriga
ter passagem [pela polícia] = ter sido punido
cometer B.O. [Boletim de Ocorrência Policial] = agüentar gente se queixando
dodói = preocupações
fita de mil graus = coisa boa, interessante
[polícia] secreta = pessoa que gosta de tomar conta da vida alheia
pé-de-breque = atrapalhador da vida dos outros
colar em minhas gomas = aparecer lá em casa
garrado na salsa = muito ocupado
tosco = esquisito
rolha = pressão
cá e lá = afinal
mudrunga = mal arrumada
pirangueira = egoísta
panguando = fora de controle

tabacuda = idiota
saco de vacilo = pessoa que não toma atitude
foscar tudo = escrever em todos os lugares
regê [RG – Registro Geral, número da carteira de identidade] = nome
se ligar na bolinha dos zóio = prestar atenção no que se está falando
ô bró [ó bro(ther)] = ó meu irmão.

Afasto a dolorosa idéia de decepção com os governantes do meu país, saio da janela para apagar a imagem da futura mamãe de ratos humanos, se é que já não pariu algum, largado no lixão e carregado pelos urubus. Recorto fatos de minha infância para colá-los ao presente. Meu passado perdeu as miragens do calidoscópio. Igual àquela menina, agora vejo apenas cacos de vidro sem cor. Geralda partiu, mas o doce que ela fazia continua me aguando. Minha infância me visita. Tal como o Dom Casmurro, gosto de atar as duas pontas da vida. Daí, um retalho dessa memória de calidoscópio e doces:

Na aurora da minha vida, pegava o calidoscópio, dependurava-me na janela da cozinha. Contra o sol, maravilhavam-me os cacos em minúsculos arabescos, mudando de forma e cor. Contra o ar, o cheiro do doce de leite espalhado no mármore, cortado em losangos, pela cozinheira.

– Geralda, me dá unzinho...

Geralda fechava a cara. Geralda tinha recomendações expressas da patroa para não dar doce quente pra criança. Dor de barriga na certa.

– Geraldinha, só um, pra eu não ficar aguando...

Aguar, o verbo desgostoso de minha infância. A manga madurinha no topo da mangueira... Aguava. As romãs temporãs aguavam. Geralda não aceitava que o seu emprego corresse riscos. Me deixava aguando, olhando a delícia do doce quente... e aguando.

No ocaso da minha vida, tenho outro calidoscópio, onde nunca olharei. Outros doces e frutas de quentura sublime, que nunca provarei. Os olhos do meu amado, cambiantes ao sol. O rosto do meu amado, doce-docinho, a boca do meu amado, fruta inalcançável no pomar do

Éden. O meu amado imita Geralda. Não mais corre riscos e me deixa aguando... aguando.

Como a esperança é a última que não morre, sobrevivo na imaginação, no sonho impossível. Tal qual nos romances, nós dois alcançaremos uma ilha deserta, construiremos um barco de nuvens e remaremos juntos, sem destino. Porque nada tenho e nada espero, passo horas insones olhando o céu – mar dos altos – à procura da estrela de onde viemos, junto com o pequeno príncipe. A estrela caiu no mar, o principezinho se salvou e nós nos perdemos um do outro. Ele, além de príncipe, era um deus que queria nos unir novamente. Saiu à nossa procura pelos caminhos da terra, perguntando nos cinco continentes.

Porque ficamos no mar, navegando num barco de nuvens, a barca dos amantes, ele não nos encontrou. Voltou sozinho para o seu mundo celeste e nos deixou neste mundo coberto de penas. O barco naufragou, nós nos salvamos mas nos perdemos um do outro por quase meio século. Quando reencontrei o meu Querido Tudo, nada mais tinha para dar que não fosse Amor. E, para os homens, Amor sem Juventude nem Beleza deixou de ser moeda de troca. Esse, o "Mito do Desencontro", triste conto de fadas que meus sobrinhos-bisnetos vão ouvir, repetidas vezes como é a conversa de velho, quando forem comer doce de leite comigo, nas obrigatórias visitas de domingo.

Depois do naufrágio, elaborei novo mito: "A Cabana do Meu Sonho". Numa noite de lua torta, o desespero da saudade sangrou tanto na garganta que fui, mais uma vez, buscar remédio numa rua morta. Passeei os olhos pelo jardim das mansões com seus sofisticados sistemas de segurança. Minha cabana é muito mais bonita, vive a liberdade em plenitude, na Floresta das Árvores Impossíveis. Pintei de verde-esmeralda essa morada no ar. Sapê é o verde que envelheceu. Esmeralda é esperança, a última que não morre. Nenhuma cerca nem muro, nem câmeras nem seguranças. Ladrões não roubam Amor, bandidos não lêem romances. Esperando sua visita real, não plantei imperiais palmeiras: os sabiás cantam nas roseiras, que vão cobrir-se, inteiras, de rosas vermelhas, *el día que me quieras*.

Foi então que parti pelas trilhas da sedução. Recuperar aquele amor perdido no passado se transformou em obsessão, razão do meu viver. Minha primeira providência foi buscar modelos femininos de comportamento que impressionassem o meu amado. De sua vida amorosa, eu pouco sabia. Sua fama oscilava entre Santo Antônio e Don Juan. Só iria aproximar-me dele depois de resolver minhas questões de identidade enquanto mulher. Quem eu era, quem deveria ser para seduzi-lo. Quando fazia meus primeiros estudos pós-graduados em Paris, me caíram nas mãos alguns livros de e sobre uma mulher cujo prenome é o meu apelido: Lou-Salomé. Sua fama também oscilava entre santa e pecadora. Inseri a personalidade em minha monografia, cujo eixo eram intelectuais européias de projeção, durante as guerras mundiais. Dela sobraram algumas anotações curiosas, não aproveitadas na redação final do trabalho. As anotações deram um texto em que superponho Psicanálise, Medicina e Literatura. Minha primeira tentativa de transdisciplinaridade, corajosamente transcrita a seguir.

3
Lou-Salomé

O RETORNO DO RECALCADO é uma expressão na qual estão baseados os estudos sobre o inconsciente do indivíduo. Tais estudos, desenvolvidos por Freud, receberam desse médico o nome de Psicanálise, em 1896. De um modo bastante simplificado e esquemático, pode-se dizer que o retorno do recalcado é a tomada de consciência de uma situação conflituosa que a pessoa passa a vida se esforçando para negar. O exemplo dado por Freud – que foi o primeiro psicanalista – é o do santo que, ao expulsar a tentação erótica agarrando-se ao crucifixo, vê aparecer, no lugar do Cristo, uma mulher nua.

A mulher-símbolo de independência e feminismo na virada do século XIX para o XX foi a inteligente, bela e sedutora Lou Andreas-Salomé. Nela, realidade e mito se mesclavam. Escritora de mais de vinte livros, um deles sobre o erotismo, durante cerca de quarenta anos manteve um casamento platônico com o pesquisador de línguas orientais Friedrich Andreas, bem mais velho, enquanto se relacionava com muitos outros homens – filósofos, literatos, artistas e médicos – dos mais famosos da época. Entre eles – Nietzsche, Rilke, Wagner, Ibsen, Freud. Até com seu ginecologista teria tido um caso amoroso. Esse fato me impressionou, pois, do ponto de vista prático, ginecologista, cardiologista ou qualquer outra especialidade médica nunca me marcaram diferença. Na medida do possível procuro evitá-los. Falou a voz da sabedoria de Guimarães Rosa: "Médico, quanto mais menos, nenhum."

Verdades e mitos sobre seus amantes se mesclam nas biografias de Lou, que também escreveu uma autobiografia. O relacionamento com Freud, por exemplo, ainda não está esclarecido. Psicanalisada por ele, tornou-se psicanalista e analisou sua filha Ana. Não sei se antes ou depois de esta ter sido analisada pelo próprio pai, muito criticado por tal análise. Lou e Freud trocaram muitas cartas. Ele ajudou-a financeiramente, quando sua família faliu na Rússia.

Aqui cabem perguntas: Caso Lou tenha seduzido até o ginecologista, o que levaria uma mulher do seu nível e profissão a entrar num relacionamento dessa natureza? Até que ponto tinha plena consciência de que a mitificação desse homem, especialista em feminino, era uma experiência que somente Freud poderia ajudá-la a elaborar? E teria ajudado?

Nascida na Rússia, Lou viajou por toda a Europa. Embora casada com um orientalista, é certo que nunca esteve no Egito, país que mexia com o imaginário dos intelectuais de então. Em 1899, Machado de Assis publica *Dom Casmurro*, cujo falso filho é estudante de Arqueologia e lhe conta detalhes do Egito. Em 1912, Fernando Pessoa escreve o poema "Chuva Oblíqua", onde ouve a Esfinge rir-se por dentro enquanto o poeta trabalha seus versos. Em 1926, o filho verdadeiro de Eça de Queirós publicava a viagem do falecido pai àquele país, realizada em meados do século anterior, fazendo grande sucesso em Portugal.

E se Lou também tivesse estado na terra dos faraós? Se tivesse mergulhado o olhar nos olhos mortos da grande esfinge? Se tivesse ficado submissa e impotente diante do retorno do recalcado, que o amigo Freud dizia dar-se por deslocamento, condensação, conversão? O que iria significar o sonho com um faraó e sua mensagem? Que texto erótico, nos limites recatados do século XIX, ela escreveria depois da inusitada experiência? E se meus primeiros passos para reaver meu amado de infância fossem orientados para imitar essa bela mulher, espelhar-me nela e nela transformar-me, no meu imaginário? Afinal, faz parte do feminino imitar um feminino que represente o supra-sumo do feminino: Lou-Salomé.

Quando imitamos algum modo de ser ou de comportar-se de atrizes, modelos, cantoras, rainhas de beleza e colunáveis, enfim, de ricas e famosas, acreditamos que o homem a quem desejamos seduzir cairá facilmente em nossos braços. Se não somos ricas nem famosas, cremos adquirir um toque de riqueza e fama no esforço processual da imitação, mesmo que esta se concretize em um simples corte de cabelo ou numa exagerada magreza de corpo.

Literata, bela e psicanalisada, eu tinha costurado meu alterego numa psicanalista-escritora madura e linda, com inteligentes homens a seus pés e durante toda a sua vida. E, para cativar o bem-amado, publiquei, numa revista de cultura em larga escala, um conto-ensaio de Lou-Lutécia, certa de que ele iria lê-lo e apaixonar-se. O núcleo temático do texto teorizava sobre aquela especialidade médica. Trazia o título de "O Poder do Faraó" e corria assim:

"Tudo começou num barco em cruzeiro pelo Nilo. Certa noite, Lou sonhou que um faraó lhe dizia mais ou menos isto, de modo fragmentado e oracular:

Desde sempre, tenho todos os poderes sobre a sexualidade do seu corpo. Sou o responsável pela preservação dele, detenho o saber para exorcizá-lo dos males. Há mais de trinta anos conheço-o como ninguém, nos seus recantos mais íntimos. Sou eu, apenas eu, que me arrogo o direito de examiná-lo periodicamente. É quando determino o que tem ou não tem de ser feito. Prescrevo medicações, outros exames, sugiro, aconselho, cobro atitudes.

Sem a minha interferência no seu corpo através do seu sexo, você sabe que ele pode morrer antes do tempo. O seu instinto de preservação é infinito. Por isso aceita tudo o que vem de mim. Por isso faz tudo aquilo que mando, sem questionar. No entanto, há uma parte sua que, em breve, se perderá no Reino do Nada. Eis o paradoxo: o faraó tem todos os poderes sobre o seu corpo, sobre o corpo de todas as mulheres, mas não o poder de desfrutá-las nem de ser desfrutado. Esta, sua grande interdição, sua maldição. Sua profissão.

Até ali, Lou ouvia de olhos fechados, certa de que conhecia aquela calma voz. Abriu os olhos, encarou o faraó. Era de outro, o rosto, espelhado no passado.

Acordou no meio de um orgasmo. Analisou o sonho. Conseguiu interpretar todos os segmentos, exceto o orgasmo. Brincou com a companheira de cabine e psicanálise de grupo, com um jeito inconseqüente:

– Tive um sonho erótico com o faraó.

Comentando quem era representado pelo rei egípcio, Lou acrescentou:

– Ao contrário de tantas mulheres, nunca o desejei na minha cama. Gostava muito, respeitava e era respeitada, disciplinada, se me mandasse pular do telhado do Palácio de Inverno, eu pulava. Houve época em que mulheres marcavam consulta só para vê-lo, em pleno resplendor da beleza e virilidade, para receber e sustentar aquele olhar dentro dos olhos, olhar que, mesmo transparente de inocência profissional, as levava ao delírio da sedução. Não tinham nada para dizer – contou uma enfermeira. Iam ao consultório como se vai ao Teatro Bolshoi para ver um ídolo. Bonito, sim, eu achava. Mas os meus namorados também o eram, você se lembra. A cabeleira de Nietzsche, por exemplo, era famosa em toda a Alemanha. A figura poeticamente romântica de Rilke fazia sucesso ante o público feminino. Sempre idealizei esse ginecologista, e até chorei quando o perdi. Daí eu não entender o meu erotismo... Decepção, só uma: se ele tivesse tido um caso com aquela belíssima e maluca ninfomaníaca, você lembra?

– Decepção com ele ou inveja dela? Perguntou a amiga.

– É. Talvez inveja.

Entre ser o caso boato ou verdade, torcia por ser verdade. Hoje Lou entende porquê.

Os dias se passaram, a viagem acabou. Aquela frase da amiga voltou algumas vezes ao pensamento de Lou. O sonho, não. Logo depois, veio a doença do seu amor. Doença que – Lou não tem mais dúvidas – apareceu naquela noite do sonho, quando o faraó se referiu à parte dela que se perderia no Reino do Nada. Cruzou essa frase com a que disse a si mesma, alguns anos antes, na cabine do trem Berlim-Paris, depois que sua piteira caiu no chão:

– Hoje, paro de fumar para sempre.

E parou. Quando relatou isso, o duplo do faraó lhe disse:

– Estava lá com você.

A evidência: não tem o poder do desfrute, mas, em compensação, tem o da onipresença e o da previsão inexplicáveis, visando à preservação da vida. E mais: tem o poder de controlar, em níveis toleráveis, a repressão do Desejo. Sobre o desejo e seus recalcamentos: livro que Lou lê e relê, que pensou dar-lhe de presente quando pedia indicações de leitura. Não deu. Só hoje entende porquê.

Depois que o seu amado adoeceu, Lou começou a compreender outras tantas coisas. Na sua vida pós-análise – amor, desejo, amizade, fraternidade ficaram sendo coisas separadas. Somente naquele companheiro tudo coexistia. Se, por um lado, o Amor era exclusivo, o Desejo não era. Sabe que essa separação é uma decorrência da análise que, quando dá certo, erotiza excessivamente a mulher. Nunca denegou o desejo sexual por outros homens. Com franqueza, gostaria de ser menos erotizada, mas isso não tem retorno. O que Lou começou a compreender? O mecanismo do seu Desejo, que não deve ser muito diferente na maioria das mulheres de uma mesma cultura.

Até fins do século XIX, o padrão era o corpo da mulher estar disponível apenas para o esposo, o amante. A figura da parteira (não se conhecem parteiros) era uma forma de consubstanciação do velamento corporal da genitália ao masculino. Nunca ouvimos falar de literatura ficcional que relatasse o desempenho de médicos nessa especialidade. De repente, as mulheres passaram a ir ao ginecologista. Primeiramente, eles eram só homens. E, quem ia? Somente as grávidas. Não sabemos se existem pesquisas sobre os reflexos desse hábito na sexualidade feminina. Sabemos, sim, que muitos homens proibiram suas esposas de praticá-lo. Quando as primeiras mulheres chegaram à profissão, foi um equivocado alívio. Como se o sexo sobrederminasse a pulsão desejante, como se esta não permeasse todas as ações humanas.

A Ginecologia não parece às mulheres algo de natural, de impune. A verdade é que um estranho, pelo menos no princípio, as manipula cientificamente, exerce um poder sobre o seu corpo, uma carga agressiva a que reagem com uma passividade nervosamente incômoda. Por conta da tensão do momento, elas não têm a menor idéia de que, ali, são submetidas a uma violenta repressão do Desejo. Muitas mulheres não se deixam reprimir, e o mero Desejo aparece mascarado de amor, de paixão. Imaginem quantas não se declaram, direta ou indiretamente, por quantos constrangimentos elas e eles passam.

E, o pior: como o Desejo é desejo do desejo do Outro, elas fantasiam assédios, castrações, encantamentos que jamais existiram da parte do desejado. Este, sempre alerta e prevenido, traz ao lado sua enfermeira, o que não evita histórias do tipo: "Então, ele estava sozinho porque aquela mocinha chata pediu pra sair mais cedo, e..." O pior mesmo é para aquelas cuja repressão atinge tal nível que se recusam a ir ao médico. Quando o câncer aparece, não há mais jeito. A recíproca não é verdadeira, salvo raras exceções: uma coisa é atender a muitas mulheres, dos mais diversos tipos, diariamente, entra ano sai ano. Outra coisa é uma mulher "normal", bem casada ou bem amada, deixar ver e tocar seu sexo por um estranho, de tempos em tempos.

Nesse ponto de suas especulações, Lou-Salomé faz uma reflexão preventiva: não quero ver o meu texto interpretado como confissão ou proposta de qualquer natureza – amor, paixão, sedução. De forma alguma. No meu caso, isso não existe. Meu propósito é refletir, teorica e praticamente, sobre um assunto que não ocorreu a Freud e seus colegas: o Desejo do e pelo ginecologista, o qual, em última instância, acaba sendo o desejo do próprio Desejo. Me espanto de aquele livro tão completo não tratar de tão importante assunto para o universo feminino. Lamento, também, não ter dialogado com Freud sobre essa categoria de desejo desconhecida pelos homens.

Lou retoma o tempo presente: ontem tive a oportunidade de visitar o faraó simbolizado, para agradecer um amável cartão de conforto pelo fim definitivo do meu caso com Rilke. Depois da rápida visita, passei a entender melhor porque, nas consultas, sempre ficava nervosa, contraída, agressiva, com pressão alta, medo da doença, doida para tudo acabar logo, não querendo espichar conversa depois, sob a alegação de que tinha muita gente esperando.

Eu queria resultados e prescrições só por aquele telefone de madeira, em que se fala no grito, aborrecida com o bom profissional que exigia a minha presença física. Tudo isso correspondia à manifestação do Desejo, em sua máxima repressividade. Hoje compreendo que o meu pavor era não dar conta de segurar um orgasmo ali, e depois chorar de raiva, de vergonha.

Meu chorar prosseguia. Uma loira e linda sobrinha me apontou para ele, caminhando no parque. Disse quem era. A menina comentou: "– Que homem!" Meus olhos se encheram de lágrimas porque eu não tinha quinze anos. Agora entendo também porque chorei um dia inteiro, ao saber que o meu corpo teria que passar para outrem, como se fosse uma herança. No caso, herança mesmo. Era como se tudo fosse começar de novo, um poder do faraó sobre sua escrava, poder rearranjado dentro do clã familiar. Mas um poder que, perdido, certamente iria desrecalcar o desejo, e eu era muito fraca para lidar com isso. Sabia que, teoricamente, era livre para outra escolha. No entanto, não consegui libertar-me, nem me arrependo. Conheço algumas mulheres que tentaram e se deram mal. Hoje, estão meio perdidas.

Na verdade, o de que me arrependo amargamente é da visita. O sonho era muito recente, eu não estava preparada para ela. Portanto, foi uma experiência terrível, cheia de dor. A dor de uma recente perda se misturou à dor de uma devastadora revelação. Pela primeira vez experimentei a absoluta ausência da dominação histórica daquele homem sobre o meu corpo, do corpo que somente ele e meu primeiro amado conheceram durante toda a vida. Aliás, conheceu-o antes do meu amado. Conheceu-o em todas as suas transformações causadas pelo impiedoso tempo – do esplendor à decadência, decadência mais evidente pela falta de paciência para usar esses cremes rejuvenescedores que os alemães inventaram. Ele soube dos meus segredos, ao passo que eu nada sabia dos seus. Nenhuma cumplicidade. Pela primeira vez, em muitos anos, entrei numa sala onde ele estava, porém livre de assistentes, uniformes, fichas e outros rituais. Não ouvi nem paguei para ouvi-lo, apontando o biombo chinês:

– Agora você vai entrar ali, tirar a roupa e me aguardar.

A conversa fluiu descontraída, amiga. Ele, sempre igual: interessante, discreto, educadíssimo, ético, sensível, irritantemente "perfeito". Mas, dentro de mim – uma tempestade se armava: pela primeira vez em nossas vidas, naquele encontro ele não tinha o direito nem o dever de preservar minha vida: de me ver e tocar inteira, apalpar os meus seios, espremer os mamilos, apertar o meu ventre, tirar minha pressão, fazer perguntas íntimas, receitar.

A revelação devastadora: desaparecido o seu Poder sobre o meu corpo, desreprimiu-se o meu Desejo do seu corpo. Como num passe de mágica, senti que a poderosa, a dominadora, era eu. Fantasiei: se eu fosse bilionária, estava livre para representar a versão feminina do califa de Bagdá e propor mil moedas de ouro por uma noite. Sem me importar se, nessa noite, acontecesse tudo ou nada acontecesse, se ele reagisse como estátua ou corpo vivo.

Ao retornar à realidade, minha revolta era também devastadora. Ali, naquele momento, igualava-me às outras, às que pagavam consulta inutilmente. Elas se vingavam. Sentia-me humilhada, rastejante, naquela total submissão ao Desejo. Se ele sacasse tudo através do seu olhar de primeiro sol da manhã, do qual me desviava para ocultar os novos segredos, estava completamente desacreditada.

Que diabos era aquilo? Tentei, em vão, descobrir qual era o objeto desejante que estava sendo deslocado para ele, por quais motivos a encenação do desejo interdito se dava ali. O medo da Morte e, portanto, o Desejo da Vida, depois da perda do amante para a Morte? Mentalmente interrogava a Esfinge, mas ela permanecia muda em sua eterna ironia. Conformei-me. Nem eu podia escapar ao poder de sedução do faraó. O meu caro Freud, distante, não viria socorrer-me. Nem tinha sequer a desculpa da carência, da perda recente. Estas vinham sendo elaboradas da melhor forma possível.

Foi assim que naquela sala vivi o sufoco de instantes intermináveis de desesperado e incontido Desejo. Temi não me segurar, dizer ou fazer alguma coisa incorreta, senti medo do vexame, do ridículo, da rejeição. Cheguei a ter uma visão regressiva, infantil: de um lado da Avenida Berlim, no portão da casa verde, o mocinho antigo e a Marlene; do outro lado da avenida, no portão da chácara, o Rée e eu. Ouvi o barulho do primeiro bonde chegando depois da nevasca, enxerguei com toda a clareza os beijos de despedida no portão da casa. Revi, como um filme tremido, aquele jeito de beijar que, então, nada me dizia. Dei um salto no tempo, caí na realidade: naquele instante, o jeito de beijar seria o mesmo? E como seria o de fazer amor? Comecei a tremer. Nunca em minha vida evocara essa cena. Fantasia?

Sozinho comigo na sala, aquele homem com toda uma História de Poder sobre mim, para quem fui uma cliente normal. Até o sorriso de minha mãe era mais bonito que o meu! Minha mãe, que me disse, numa carta de São Petersburgo: "– Vai lá nele, Lou, é muito lindo, você vai gostar".

Respondi: Já conheço. Talvez até tenhamos dançado nos salões de Madame Wedekind, mãe de um dos homens que vive a meus pés.

Hoje, ainda cercado de belas jovens, com certeza desejante e por elas desejado, vive num contexto de outro tipo de Poder. Diante de mim restava um homem com uma história passada de perdido Poder, história sem presente nem futuro: naturalmente sedutor, bem vestido, em liberdade, mortal. Porém, eterno em seu conhecimento de mim, conhecimento ímpar, que nenhum outro terá porque não viveremos mais trinta anos. E aquele Desejo me sufocava, me levava a querer satisfazê-lo para morrer depois. Depressão do Desejo. Existia isso?

A certa altura, já não conseguia prestar atenção na conversa. Expressões soltas de frases me atingiam em cheio, mesclavam-se com o que eu tinha vontade de dizer. Sentia-me dentro de um filme dos Irmãos Lumière: uma freira estapafúrdia aparecia; seu hábito negro, sua cruz estranha transformavam-se de repente numa agenda que eu estendia a mão trêmula para apanhar e deixava cair. Devolvia uma caixinha branca, na verdade o véu da freira, o símbolo de sua pureza. A Freira e a Agenda: *Épouse de Dieu, Mère de Dieu*. Em francês? Vá lá, em francês, como estaria escrito em letras góticas, cercadas por um ramo de florinhas, nos primeiros filmes da era do cinema.

Estava enlouquecendo? Seria esse o comportamento das histéricas do século XIX? Era o delírio que começava? Fantasiava como o faraó recalcava e desrecalcava seu próprio Desejo. Como se comportava à noite, tentando dormir, depois de consultas com modelos, artistas e burguesinhas lindas. O que dizia às mulheres que lhe falavam de amor. Teria me desejado naquela caminha branca, quando eu era muito jovem e bonita, quando insistia para que eu tivesse logo um filho? Quais seriam suas angústias e frustrações?

De repente olhei para trás, vi um sofá com uma almofada em função de travesseiro. Ele imitava Freud, devem ter conversado algum dia sobre a importância de o paciente ficar deitado, mesmo em consultas de outra natureza. Mulheres grávidas, principalmente. Meu olhar desejante entristeceu. Entrei em pânico. Se, por um lado, o faraó não tinha mais o Poder, por outro lado detinha o saber do corpo, devia guardar na memória um pedaço da história do meu corpo. Desde Platão, o conhecimento é a fonte do prazer. Essa, a chave do enigma. Num lampejo de racionalidade, senti que precisava ir embora, sair dali com urgência, fugir para o deserto. Meu último pensamento: naquela sala, estava disposta a fazer um pacto com o demônio, se nele acreditasse: daria meu resto de vida para ser uma dessas feiticeiras irresistíveis. Para poder trancar aquela porta, arrastar meu Objeto de Desejo para aquele sofá, ajeitar aquele travesseiro, sair fora do Tempo e entrar no Paraíso. Para a Morte, para a Vida.

Ao despedir-me, algo que não consigo explicar aconteceu. Saída patética. Temo haver perdido o controle, ter feito alguma coisa errada. Quando dei acordo de mim, senti um forte aperto no braço, quase doído, como a empurrar-me para fora da sala. No corredor, enquanto olhava a marca dos dedos impressa no braço, uma voz longínqua me dizia "– Volte em breve".

Atravessei chorando o corredor, completamente tonta, e, na dor de minha vergonha, ainda tive forças para viver uma derradeira fantasia; depois que saí, ele devia estar sentindo-se o deus dos deuses, no seu pensar: "Desde sempre eu sabia que nem ela ia escapar". E, apreciador da Literatura, talvez repetisse a mesma frase de Brás Cubas ao dançar com Virgília, sob os olhos do marido: "– É minha, é minha!". Brás e Virgília são personagens de Machado de Assis, maior escritor do Brasil, de quem acabo de ler algumas páginas, traduzidas para o russo, pelo embaixador brasileiro em Moscou.

Tinha de enfrentar o novo poder. Este, não me significava nada, não tem nenhuma história, é apenas o herdeiro-menino do faraó. Afinal, li em algum lugar que "o desejo se dá dentro de coordenadas históricas e sociais bem determinadas". Desarvorei-me. Não queria de forma alguma que o "herdeiro" percebesse as alterações, nunca prestei atenção no tempo que duram. Ficaria constrangida, as enfermeiras sabiam por onde eu tinha passado. E a vermelhidão no braço.

Confesso que não descarto a possibilidade de rever o faraó, gosto demais dele. De agora em diante, sempre em lugares públicos, sem temores nem riscos. Afinal, sou psicanalista, estou habituada a lidar com obscuros (e claros) Objetos de Desejo e não os reduzo a objetos de necessidade. Os primeiros são migrantes por natureza. No divã de Freud, oito anos de análise com três sessões por semana me ensinaram o seu estatuto. Além do mais, é significativo o número de ex-clientes que encontro em festas e, desreprimidos pelo álcool, me confessam, na lata, fantasias da adolescência, com aquela psicanalista cujo ofício era ler e interpretar com eles histórias de desejo e amor. Quem sabe seja esse o verdadeiro deslocamento do meu Objeto, a volta a algum lugar do passado, talvez regredindo à cena primitiva. Tenho paciência. É só esperar alguns dias ou dois meses, para que este Objeto se substitua, para que seja enterrado sob as patas da Esfinge ou no túmulo da Grande Pirâmide".

Lou relê o texto, acha-o forte demais, num primeiro momento pensa enviá-lo a Freud, com cópia para o ginecologista. Começa a vacilar: deve ou não? E se o leitor-protagonista não souber o que fazer com ele, diante dele, se não entender o seu discurso, se o tomar como leitura de um dos mais belos lances de sedução da literatura médica? Reconhece que está cometendo o erro de subestimar a inteligência do seu médico. Ele tem certeza de que Lou não será uma mulher a mais chorando romanticamente nos seus braços... Mesmo não sendo psicanalista, ele bem sabe que o Desejo não se reduz à necessidade, porque sua essência não está na relação com um objeto real, mas com o fantasma enquanto fantasia. Esta é a encenação do Desejo, a qual se confunde com sua própria interdição. Mandar ou não? Talvez fosse mais prudente pedir primeiro a opinião de Freud. Freud sugeriu o envio do texto, pelo correio, com um bilhete: que o destinatário não a procurasse por três meses. Precisava refletir sobre tudo aquilo. Um mês depois, Lou ruminava suas dúvidas.

Não conseguia entender o acontecido. Uma pessoa tem um sonho, sem maiores complicações. Não lhe dá importância porque nunca sentiu nada de extraordinário pelo personagem do sonho. Marca um compromisso de rotina no local de trabalho dele. Chega muito adiantada e, para não ficar esperando à toa, resolve fazer uma visita de cortesia ao personagem, em sua sala. Aí permanece quinze minutos, se tanto. Nada previsto, nada programado. E, o que acontece?

Naquela sala entrou uma pessoa e saiu outra completamente diferente e virada pelo avesso. Parece até coisa de bruxaria. Tudo foi analisado nos mínimos detalhes, trazendo-se fatos passados para o presente, na certeza de que a análise estava correta e que em dois meses não haveria mais problemas. No entanto, a pessoa que saiu da sala continua igual, aliás pior do que entrou, porque surgiram outras complicações, tais como ouvir muita música no realejo da esquina, comprar a sorte no bico do papagaio e não conseguir trabalhar direito.

Hipótese nova: efeito colateral de medicamento, usado há sete meses sem parar. Como ligar para o médico e dizer que precisa trocar esse medicamento? Com certeza ele vai perguntar porquê, e não há resposta.

Como é possível alguém, em dez minutos, apaixonar-se por alguém que conhece superficialmente há muitos anos? E, enquanto narradora introjetando-se numa personagem literária, mulher de folhetim: o que pensei ser um mero deslocamento do Desejo, era, na verdade, uma Paixão devastadora. Tinha plena consciência de que não era nem seria correspondida, mas, como era maravilhoso o fato em si – estar novamente apaixonada. Queria ficar junto dele para sempre, e isso era tudo.

Dois meses depois, Lou fez o seu balanço:

Tentou segurar tudo através da escrita, da força do texto, e não conseguiu. Aí, seu narcisismo procurou mostrar, através de análises, interpretações e justificativas sofisticadas, que não era igual às outras. No fundo, sabia que era absolutamente igual, pois análises, interpretações e justificativas do fato não alteram o fato. E o fato aconteceu e foi descrito em minúcias, com todas as letras do alfabeto. Se diferenças existem entre Lou e as outras, estão na idade e na sofisticação literária. Enquanto uma teoriza – de fazer inveja a poetas e outros psicanalistas, já lhe disseram – as outras escrevem bilhetinhos e cartas-clichê ou murmuram "Eu te amo", "Não sei viver sem você" etc. e tal.

Lou – primando pela sofisticação: o grande poeta e amigo aparece exatamente na hora em que ela escrevera um poema. Acabava de encontrar a metáfora para o olhar do seu objeto de desejo: olhar de pássaro ferido. O poeta pediu que lhe mostrasse a metáfora – sem saber a quem se aplicava, é claro:

– Se uma mulher escrevesse isso do meu olhar, convidava-a para passear de gôndola em Veneza, acariciar pombos feridos na Praça São Marcos.

– É. Mas, no caso em pauta, não haverá convite nem para passear de barquinho no lago do nosso parque e jogar comida para os marrecos.

– Se quiser me transpor a metáfora, meu convite está de pé.

Lou – no mundo da lua: foi ao grande debate nacional, no mesmo dia da visita de triste memória. Quando o entrevistador perguntou qual a personagem que gostaria de ser e porquê, sem mais nem menos falou o nome que naquele momento tinha na cabeça, o da esposa do ginecologista, nome que os outros especialistas desconheciam. Um deles tentou salvar a pátria, lembrando que não estavam num recital de música, Wagner por ali não era visto, aquele debate nada tinha a ver com pianistas.

Ao perceber a fala desastrosa, em meio minuto a dama vasculhou a memória e descobriu uma secundária amiga de Madame Fleur. Arranjou um motivo esfarrapado. A mesa ficou perplexa. Um inteligente e íntimo amigo, o mesmo tradutor de Machado, que aguardava para dar a sua entrevista, mandou um bilhete, com um verso do "Navio Negreiro" do Castro Alves, traduzido e aplicável à situação: "Meu Deus, meu Deus, mas que bandeira é essa? Cadê a Marselhesa?" E, comentando o motivo arranjado: "A emenda foi pior do que o soneto".

Há males que vêm para bem. Sentir-se igual às outras deu um corretivo. Diferente de muitas delas, que sempre teve o que quis, plenamente realizada, que nunca desejou sem ser desejada nem amou sem ser amada, de repente percebeu que não podia controlar tudo nem ser senhora de todas as situações. O eterno ganhador não existe. Aliás, Freud avisara anos antes: "– Prepare-se; querer sem ser querida pode acontecer até com a Sarah Bernard. Ninguém pode achar que terá todo o controle dos sentimentos para o resto da vida".

Igual às comuns das mortais, sim. Porém, diferente de mulheres próximas, pelo menos num ponto: a total e absoluta independência e desnecessidade. Não depender nem precisar materialmente do Outro para nada. Não ter patrimônio metido em história nem confusão alguma. Não jogar para a frente, pensando subir na vida profissional. Não precisar de troca de favores. E ainda: horrorizar-se com a conversa ouvida em sala de espera – reclamações de uma bela de corpo belo, contra o profissional; e, ao ser perguntada pela amiga por que não procurava outro, ouvi-la dizer que o filho ia fazer Medicina na Universidade de Viena e precisaria de um estágio. Vontade de chegar lá dentro e contar tudo. E o medo de ser vista como ciumenta, porque a dona era mesmo uma linda mulher?

No tempo presente, não mais revoltada por ser igual às outras, Lou se orgulha de ser diferente das próximas. E, depois de narrar casos para assumir tranqüilamente a condição de igual, fazer, pela primeira vez na vida, e como fecho de ouro, uma declaração em plenitude de consciência da chance zero: Nesses últimos trinta dias, quem sabe pelas artimanhas de alguma bruxa – mau trabalho, péssimo sono: noite e dia, dia e noite, vivendo só de amar, de amar, de amar. Sempre, até morrer de amor. Afinal, Paul Ree também não se matou por ela?

Haver-me incorporado na pessoa e na personalidade de Lou-Salomé, naquela virada de séculos, não chegou ao coração do homem que amo. Ele mal sabia o nome dessa mulher. Só depois de ter escrito o texto anterior me dei conta de que o tema de Lou, seu tom feminista, não lhe despertaria o interesse que eu julgava pudesse despertar. Ainda que teorizasse sobre um assunto original. Além do mais, ele estava em Nova Iorque, comprando equipamentos para sua empresa e aproveitando a oportunidade para assistir a um seminário sobre o Tibet e seu chefe político-religioso exilado. Não leu nem teve notícias do meu conto-ensaio. Pelo menos foi o que me disse a sua mãe, que apreciava meus escritos e comentava-os com o filho.

No prosseguir, parti para recuperar minha própria identidade, desvinculada de Lou, mas ainda de forma imitatória, porém na trilha dos meus literatos. Quem sabe seria esse o perseguido caminho da sedução? Tal como Ezequiel – filho de Dom Casmurro –, Fernando Pessoa, Eça de Queirós e a própria Lou-Salomé, esta Lu que vos fala (não confundir com a autora do livro) viajou para o seu dia sob o domínio da Esfinge de Gizé, foi ouvir o belo monstro oracular:

Era fim de tarde, a lua iluminava o deserto, ouvia-se o vento. O pequeno grupo, liderado pelo guia, parou extasiado diante da Esfinge. Se você já foi lá, sabe da maravilha que é tudo aquilo. O guia falou:

– Agora, encarem a boca da Esfinge, voltem para dentro de si, concentrem-se. Ela está aqui há milênios, dizendo a cada peregrino o que ele desconhece sobre o seu mais profundo ser. Ao Édipo, na Grécia, ela revelou que ele iria matar o pai e casar com a mãe, sem saber quem eram. E aconteceu.

Eu estava rindo por dentro, não acreditava naquilo de jeito nenhum. Com tantos anos de análise, achava que conhecia tudo de mim. Quanta pretensão! Mesmo assim, tal como as outras pessoas, segui o ritual: obedeci àquele egípcio experiente na História de seu povo. Sugestionada, vi a boca da estátua mexer-se, para transmitir o meu enigma. Ela falou no mais claro português:

– Você amará para sempre aquele que você amou quando criança.

De início, não atinei com a significação da frase. Como estava dentro de um ritual quase religioso, pensei que a referência fosse religiosa. Durante minha vida, eu havia percorrido o caminho da extrema religio-

sidade até o mais frio ateísmo. Talvez a Esfinge estivesse querendo dizer que, no fundo, eu não renegara a minha cristianidade e ali estava redescobrindo-a. Então, de olhos fechados, perguntei:
– O Cristo?
Ela respondeu:
– Não. O namorado da Ana Lúcia.
Levei um choque. Aquilo acontecera havia muitos anos, perdera-se no passado, estava morto e enterrado. Nunca mais lembrei o episódio. De repente, ele invadiu o meu pensamento com tal nitidez, como se tudo tivesse acontecido no dia anterior. Como a revelação poderia ser verdade, se eu nem ao menos via nem convivia com tal pessoa? Se estava tudo bem entre mim e o meu namorado?
Voltei à realidade com a voz do guia:
– O tempo acabou. Tenho certeza de que vocês vão sair daqui diferentes de quando chegaram. Três pessoas choravam baixinho, inclusive eu. Ali começava a minha infelicidade e o meu desespero.

Então fiz mais uma tentativa para mudar minha identidade, descolar-me da figura de Lou-Salomé. Tive a idéia de elaborar um texto, para apresentação num seminário, desenvolvendo aquela afirmativa sua e minha, no meio do discurso teórico sobre o ginecologista e o feminino: "A análise, quando dá certo, erotiza excessivamente a mulher". Creio que nem mesmo o mestre Freud especulou sobre a questão. Meu estado de ânimo para esse trabalho se alavancava no fato de o meu amado ter cedido o espaço de sua empresa para o evento. Quem sabe, lá eu poderia brilhar debaixo de seus olhos. Como o público-alvo do seminário eram profissionais e leigos, tentei imprimir à minha comunicação um tom não especializado, ao alcance de diferentes tipos de público. E a Psicanálise que eu abordaria seria a vigente nos tempos de Freud e Lou. O que não significa ser inválida na contemporaneidade. Para não cansar o leitor, recortei e colei, a seguir, um trecho da comunicação:

Entendamos o significado de "erotizar". O vocábulo pertence à mesma família etimológica de "erótico", "erotismo", "erotização", "eroticidade", "erógeno" – derivados de "Eros", deus grego do amor, o popular Cupido. Mas em Psicanálise, eros é o princípio ativo que simboliza o Desejo, energizado pela libido. Freud aplicou o termo ao conjunto das pulsões de vida, opondo-o a *tanatos* – "morte", em grego – termo aplicado ao conjunto das pulsões de morte.

Ora, no tratamento das desordens psíquicas e corporais através de métodos psicológicos, quaisquer que sejam, aborda-se a relação entre aquele que trata e aquele que é tratado. Na Psicanálise, a relação com o analista me parece mais íntima e profunda do que nas outras formas de abordagem. O chamado processo de transferência, em que o analisado pode "apaixonar-se" pelo psicanalista, para dizer de modo bastante simplificado, é uma porta aberta para a sensação de intimidade erótica entre os envolvidos.

Na análise ortodoxa, duas são as situações inusitadas: aquele que expressa verbalmente a "paixão" – em linguagem simbólica, é claro – está deitado numa cama-divã, portanto em atitude favorecedora ao envolvimento amoroso. O analista – aquele que, quase sempre mudo, escuta e interpreta a "paixão" – está sentado em confortável poltrona atrás do cliente, de modo a não ser visto por este. O cliente fala e fala, ou chora e chora, ou fica até uma sessão inteira mergulhado no mais estarrecedor mutismo. Mas ele sabe que alguém está presente, a seu dispor e cuidando só dele, e ali só para ele, ainda que pago (e caro) para ali ficar num tempo determinado, dando conta de tudo o que ali acontece. Depois que ele sai, outro entra e tudo se repete.

Então, pergunto a meu leitor chegado a aventuras sexuais descompromissadas: em qual situação você, deitado e repousante, tem uma pessoa à sua cabeceira para o que der e vier, talvez ouvindo confidências de caráter sexual, aí incluídas as ditas "perversões", a quem você está pagando um preço previamente combinado para ficar um tempo fixo em sua companhia, nem mais nem menos um minuto? Pois é.

Transponha essa situação para o consultório do profissional. Imagine que é raro a pessoa manter um mesmo analista durante anos. Aliás, fazem parte do tratamento a rejeição por aquele indivíduo escutador e nada falador, o impulso de abandonar a análise quando o circo está pegando fogo. Não raro o tratamento é abandonado, mas costuma ser retomado, com outro profissional, pois, ruim com o tratamento, pior sem ele. Imagine uma mulher em confidências íntimas e sempre interpretadas mediante a sexualidade, durante anos, deitada diante de homens sucessivos que a tratam no real, os quais ela seduz ou por eles é seduzida, no imaginário. Homens que guardam dela uma distância física próxima, porém ética, mas agenciam uma grande proximidade psíquica, a qual desencadeará a transferência necessária para a cura. O resultado é que a carga de erotização nesse contexto acaba sendo investida nas relações amorosas do cotidiano.

Do ponto de vista teórico, o afloramento da erotização da mulher graças à Psicanálise está vinculado ao trabalho com os traumas de infância, nas sessões analíticas. Penso que, quanto mais destraumatizada a pessoa, mais aberta para sensações e sentimentos, mais disponível para o prazer e para a entrega ao Outro.

A fim de não cansar o leitor e evitar, novamente, um sobrevôo de asa-delta sobre praias de auto-ajuda, neste ponto interrompo a exposição. Para minha surpresa, o meu amado me prestigiou, comparecendo à mesa-redonda na qual gostaria de brilhar a seus olhos. Mas não pôde assistir à sessão até o fim. Do palco, vi a hora em que ele saiu do auditório. Depois, não me ligou.

Começava a abrir mão de obter aquele tão ansiado, romântico e exclusivo amor. Qualquer tipo de amor me satisfazia, desde que partisse daquele homem gelado. Uma entrevista que me pediram para a TV Universidade veio a calhar. Inspirei-me nela e, para comover o meu amado, compus mais um poema. Aí eu não assumia a personalidade de um padrão de intelecto, beleza e inteligência, como Lou-Salomé. Aceitava ser qualquer mulher que convivesse com o meu amado. Qualquer uma servia. O nome do poema foi "Mulheres":

  A repórter perguntou
  Qual mulher queria ser.

"Várias" – eu declarei.
Mas nunca nenhuma serei
Das que gostaria de ser.

Depois daquela entrevista
Longe da câmera e no escuro
Respondi para mim mesma:

Ah, quem me dera ser
A lenta arrumadeira
Para dobrar o seu cobertor.
A cozinheira de mão-cheia
Para temperar o seu feijão.
A humilde passadeira,
Para alisar suas camisas.
A massagista de mãos sábias
para curar suas dores.
E a manicure que ajeita
Mãos e pés que não são meus.

Queria ser mesmo, muito,
Sobretudo as secretárias
Professoras concursadas
Que te atendem o dia inteiro
Em tudo a tempo e a hora.

Ah, se eu fosse
A sua mãe
As suas filhas
A sua irmã –
Mulheres tão suas,
De tão amadas.
Sonho ser sua netinha
Para te abraçar na corrida
E ser por você benvinda
E de você sempre ouvir

"Vem, amor de minha vida."

Queria clonar-me na melhor colega
– Que nem ao menos conheço –
Para trocar idéias várias
Administrar sem tropeço.

Ah, se eu fosse a linda jovem
Rosto e corpo esculturais
Para ter o seu desejo!

Pelo menos uma delas
Queria ser por um dia
Um dia de sol ou chuva
Com brilhos ou água fria:
Borboletas amarelas
Me trazendo a alegria.

Esse poema, expressando o estado feminino completamente submisso até o século XIX, foi usado num folheto mercadológico de um grande banco, inaugurando serviços especiais para mulheres. A propaganda dizia que, empregos empregos, negócios à parte. A mensagem veiculada era que o banco oferecia serviços não só diversificados para os sexos, mas também adaptados a mulheres de diferentes salários – dos mais baixos aos mais elevados – e variadas profissões. O meu amado não era cliente do banco, não recebeu o folheto e não viu o poema.

4
Não Tem Resposta

Decidi, então, assumir pra valer a minha própria personalidade e lhe mandei um sentimental e assinado bilhetinho de amor. A resposta veio rápida: "Isso é impossível, mas tenho um serviço para você". O serviço durou vários dias. Era da empresa, não na empresa. Nada de encontrar-nos, nenhuma proximidade entre nós. Feito no capricho, o trabalho agradou-o excepcionalmente. Encomendar-me aquela tarefa era uma forma de compensação pelo "isso é impossível", um modo educado de dizer "seu amor não tem resposta".

No *Fragmentos de um Discurso Amoroso*, Roland Barthes afirma que a verdadeira rejeição ao grito de amor eu-te-amo é "não tem resposta". O amado se transforma numa figura de sonho que não fala. Para Freud, na *Interpretação dos Sonhos*, o mutismo em sonho é a morte. A pessoa fica mais anulada se é rejeitada não apenas como pedinte, mas também como sujeito falante. Uma fórmula de insistência no eu-te-amo, para forçar uma resposta, é a carta de amor e o apelo à poesia.

Barthes observa que as coisas que vamos escrever para o Outro nunca nos farão amados por ele, que a escrita não compensa nada. Ainda assim, o apaixonado acredita na força do que escreve, se convence de que suas amorosas palavras têm o poder de comover o Outro, de mobilizá-lo para corresponder ao amor. Como sou literata e apaixonada, desacreditei em Barthes e acreditei na mobilização do meu amado em direção a meus sentimentos escritos – esculpidos e encarnados. Ou cuspidos e escarrados, como diz minha excelente cozinheira lá de Januária. Esculpidos em Carrara, como diria meu falecido e erudito marido.

A Literatura me ensinou que duas espécies literárias são as mais propícias à declaração: a carta e o poema. Escrever cartas longas nunca me foi problema. Bem ou mal, qualquer pessoa alfabetizada é capaz de escrevê-las. Poesia já é mais complicado, as únicas que escrevi na vida são as que você leu ou ainda lerá neste livro, nunca me tive como poeta. Mas, como quem está na chuva é pra molhar, entrei no vale-tudo da declaração de amor virtual, pelo blogue. Primeiro escreveria cartas. Se não surtissem efeito, entraria com poemas.

Supus que o meu amado era useiro e vezeiro em receber cartas de amor – com certeza melosas e clicherizadas – dizia-me em surdina a voz do despeito. Talvez até encomendadas a profissionais, como bem mostrou Waltinho Salles, no filme *Central do Brasil*. O jeito era lançar mão de armamento mais pesado nessa mal iniciada guerra de sedução. Parti para a escrita de *love letters* ao estilo docemente romântico, porém inflado de alguma originalidade. *Love letters* era a música preferida de minha mãe, na voz de Nat King Cole. É dessa forma, em inglês, que sempre me refiro às cartas de amor. Amor declarado ali, com todas as letras, sem erro. As cartas teriam de ter não apenas a minha marca estilística, como também uma certa erudição aliada ao fogo da paixão.

Daí procurei inspirar-me na releitura de três correspondências memoráveis: uma antiquíssima, outra intermediária e outra moderníssima. As cartas trocadas entre Abelardo e Heloísa, na França do século XI, escrevem toda a sua paixão proibida e funesta. Descobertos pelo tutor da moça, ela é mandada para o convento; ele, castrado. A freira Heloísa continua amando mais do que nunca. Outra vez, uma freira no meu destino. E escreve a Abelardo: "que a minha cabeça descanse ainda sobre o teu peito; que eu beba a grandes sorvos o delicioso veneno que tomei dos teus olhos; que eu torne a achar esse mesmo veneno nos teus lábios; enche-me de carícias e deixa-me imaginar o resto". Uma paixão correspondida.

A correspondência intermediária data do século XVII: cinco cartas, escritas pela freira portuguesa Mariana do Alcoforado a um oficial do exército francês, a quem se entregara apaixonadamente no fim da Guerra da Restauração contra a Espanha: "Adeus, custa-me mais acabar esta carta, de que te custou deixar-me, talvez para sempre. [...] Amo-te mil vezes mais que a própria vida, e mil vezes mais do que imagino. Quanto me és caro, e quanto és cruel para mim!... Tu não me escreves!" Uma mulher seduzida e abandonada, cujas cartas não têm resposta.

A correspondência moderníssima, século XX, foi a de Simone de Beauvoir para o norte-americano Nelson Algren, enquanto estava casada com o filósofo Jean-Paul Sartre. São trezentas e quatro longas cartas, escritas durante dezessete anos. Algren é o autor do romance *O Homem do Braço de Ouro*, transformado em filme dirigido por Otto Preminger. Quando o amor dele acabou, Simone se vingou: disse ter mentido durante todo o tempo, que nunca o havia amado. Uma amante magoada, esforçando-se para apagar o inapagável.

Até o século XIX, antes da era do telefone e do computador, as moças e rapazes se declaravam por carta. Muitas vezes, se desconheciam pessoalmente. Nos romances românticos brasileiros, os meninos-escravos se encarregavam de levá-las e trazê-las. Depois chegou a vez do carteiro, o carregador de esperanças quando o telefone era coisa rara. Sem dúvida, é primitivo e ao mesmo tempo muito romântico, hoje em dia, receber cartas de amor pelo carteiro. Neste século XXI, a Internet põe em jogo pessoas que se amam e só se conhecem através do papo, do blogue e do *e-mail*. Correio eletrônico de longas mensagens, exercício de escrita que até já tem uma linguagem própria, desconhecida para não iniciados. Jovens adoram os blogues – diários de linguagem do dia-a-dia.

Eu queria parecer jovem e moderníssima diante do meu amado. Na minha cabeça, as jovenzinhas supermodernas eram as mais sedutoras. Mesmo sabendo que ele nunca tinha ligado um computador, criei um blogue, dei o endereço para a secretária. Pedi a ela que lhe explicasse o que era isso, de vez em quando imprimisse e lhe repassasse o que lá aparecesse. Ingenuamente, eu recomeçava mal, correndo um risco: se ele tivesse um caso com a secretária, os textos não chegariam a suas mãos. Por outro lado, era um teste de certeza da existência ou não do caso. Em compensação, se nada houvesse entre eles, eu contava com sua vaidade: ver-se amado assim publicamente, em nível globalizado, mesmo que sob pseudônimo, poderia ativar o seu coração de gelo. A primeira carta foi longa e lacrimosa, inaugurava meu blogue nas vésperas do Natal. Nela eu fazia um bom *marketing* de mim mesma — maneira de disfarçar a insegurança e a abalada auto-estima, é óbvio:

Você não vai acreditar em mim, nos meus sentimentos. Justifica-se: amar de verdade hoje em dia é uma coisa muito rara. Via de regra, as pessoas estão mais preocupadas com o companheirismo, o bem-estar físico e social, o emprego, o equilíbrio emocional, a saúde e o dinheiro. O amor não faz parte desse programa porque ele representa um risco que ninguém quer correr, e com razão. Ele nada tem a ver com relacionamentos, sexo, compromissos. Não é racional nem controlável. É uma outra coisa que poucos privilegiados sentem e entendem.

Você não me dará crédito, acha que vivo no mundo da fantasia. Tudo bem. É um direito seu. Mas gostaria pelo menos de que acreditasse nos psicanalistas. Você não está no lugar de ninguém: nem do meu pai, muito menos do meu marido. O seu lugar é e será único, desde que o mundo é mundo e enquanto eu viver. E, se estivesse no lugar de alguém, os psicanalistas não veriam nenhum problema nisso, pois, teoricamente, as escolhas amorosas se vinculam sempre a um passado infantil.

Te amei quando criança, te amo hoje e te amarei velhinha. E mais: é pouco mais velho que eu. Qualquer atitude que você tome não modificará essa realidade. Se, por um lado, não quero te aborrecer mais nem te criar eventuais problemas, por outro lado, não abrirei mão de te ver, de compartilhar com você um mesmo espaço, sempre que surgir oportunidade. E discretamente. Talvez até mesmo te olhando só de longe, nem indo falar com você.

Esta é uma época em que a gente pode sonhar alto, sonhar muito e sonhar tudo. Também época de pedir e de ganhar presentes. "Também" é uma palavra mágica, porta de solução para qualquer problema. Então, Também é um presente para se pedir e, quem sabe, para se ganhar. Por isso, peço: fica comigo Também, já que, segundo consta, ficou com outras Também. Para o físico Stephen Hawking, passado e presente podem ser ângulos subjetivos. Portanto, valem para o Também.

Peço, e faço o meu *marketing*, pois a propaganda sempre foi a alma do negócio, e repito: te amei em criança, te amo hoje, te amarei velhinha. Somos a mesma pessoa porque viemos do mesmo ponto do universo, diria Hawking. Nosso DNA totalmente seqüenciado dará um resultado idêntico, quem viver verá. Qualquer especialista em genética diria:

– Não tem base científica. Você está é apaixonada...

Cama não quero, já expliquei porquê. Dar setenta beijos quero, metade nos olhos ao sol. Sua cabeça no meu colo quero, dormindo à voz dos relatos do meu dia, ao som das músicas que gravei. Sou muito diferente das mulheres em geral. Meu último companheiro costumava dizer para os amigos que sou o sonho dos maridos. Eles se constrangiam, até o final da frase:

– É calada e não enche o saco.

Então, riam.

"É calada" quer dizer que fico na minha, não dou palpite onde não sou chamada, não buzino no ouvido do cidadão nem exigências nem reclamações nem ciúmes. Ciúmes são milhares, guardo-os trancados bem no fundo do coração, com chave de ouro.

"Não enche o saco" significa que o neguinho pode fazer o que bem entende, o amor é meu mas a vida é dele, que não ameaço quando ele pretende pular ou pula fora (afinal, todos vocês pulam, no real ou no imaginário – o que dá absolutamente na mesma). Muito antes pelo contrário: primeiro, pago na mesma moeda, só que de forma *light*, depois dou uma força, mando resolver logo o caso para ficar livre da encrenca e ser feliz.

Continuando a propaganda: no meu natural, sem nenhum esforço, sou superjovem de cabeça, comportamento, atitudes e idéias. É o que dizem os adolescentes com quem convivo. Sonhemos um fim-de-semana nosso, acompanhados daquelas meninas sangue do seu sangue, e os respectivos namoradinhos. Vou te tratar igual elas tratam a eles, dizer e comprar as mesmas coisas, comer os mesmos doces, ouvir e dançar as mesmas músicas, ver os mesmos filmes e clipes, abraçar e beijar do mesmo jeito. Você iria gostar, iria ser igualzinho aos meninos, tenho certeza. Te conto uma coisa: mais de uma mulher me disse que você tem um olhar perscrutador (não gosto do adjetivo, mas foi o usado por elas) de menino "carente", menino esperto que olha atento e desconfiado para o adulto, querendo compreender ou levar a sério o que ele está falando.

O que você quer de mim é somente a minha literatura. Nem mesmo amizade, nem um simples pedido de chegar no sol para eu ver seus olhos, você atendeu. Já com os meus escritos, é diferente. Recebe, lê, certamente curte. Quando eu publicar as minhas obras literárias, nada mais terei para te dar com exclusividade. Nada. Me sentirei órfã, abandonada para sempre. Não quero perder a única coisa que nos liga – o poder e a força da palavra bem escrita.

Beijo.

O resultado foi zero. Nenhum comentário, nenhum efeito. Mas, para alguma coisa a carta serviu: atirei no que vi e matei o que não vi. Quando a secretária me ligou dizendo que imprimiu e entregou a minha "longa mensagem", sem confessar se a lera ou não, comunicou-me seu recente casamento com um parceiro de negócios do chefe. Um jovem e abonado gato chileno. Respirei aliviada. Era uma concorrente a menos.

Com o insucesso da carta, entrei em desespero e disparei a telefonar, como quem não quer nada. Ora ele atendia, conversávamos normalmente, às vezes um ou outro papo de aranha. Ora desligava sem atender e, quando eu reclamava, respondia que não podia falar comigo naquele momento. Passado um mês, coloquei outra carta no blogue e avisei à secretária. A carta recuperava nossas conversas naquele mês, uma espécie de resumo dos meus ataques e de suas resistências:

Escrevo essas mal traçadas para dizer que, hoje, estou convencida de que você me disse uma coisa e fez outra. Por ser um cara super-educado, a bem da verdade não deu conta de me dizer para não ligar mais. Simplesmente arranjou desculpa para não dar retorno às ligações. Como sabe que sou inteligente...

Me perdoa se te constrangi, ao ligar três vezes. Fui vítima da minha inexperiência. De qualquer forma, acho que estava havendo um equívoco. Desde que você me disse que "a única coisa que pode haver entre nós é uma grande amizade" – aceitei a amizade e ligava pensando nela. Nunca pedi nem esperei nada, você sabe. Imagina! Sei muito bem de mim: enxergo-me nos mais fiéis espelhos de cristal, coleciono calendários e refaço psicanálise ortodoxa.

Apenas tive a pretensão de me transformar em uma grande amiga, te oferecer momentos diferentes do seu cotidiano. Pausas no enfrentamento dos pepinos que você tem de resolver o dia inteiro. Para falar de Literatura, de cinema e de uma incrível realidade que mal conheço: você. Penso que pouquíssimas pessoas te falam a qualquer hora e com freqüência, de igual para igual. Eu só queria ser uma delas. Fui bastante pretensiosa. Paciência.

Outro dia você me perguntou se aprendi alguma coisa com você. Não tive chance de responder. Aprendi várias. Talvez a mais importante: ninguém deve dizer "eu te amo" intempestivamente, sem estar certo de como o ser amado vai reagir. Um eu-te-amo jogado ao léu produz a impressão de fala irresponsável, infantil e inconseqüente. A declaração amorosa não se expressa necessariamente por palavras, mas por ações. Todo o cuidado é pouco para não banalizá-la. No contexto declaratório inesperado, existem várias possibilidades de resposta ao eu-te-amo, nunca se sabendo qual é a verdadeira. Vejamos as mais comuns.

"Te amo também" pode corresponder a uma fala impensada ou educada, tipo maria-vai-com-as-outras, provocada pelo susto no ouvir o alto e claro "eu te amo". Desprevenido, o ouvinte tem o impulso de pagar o benefício na mesma moeda.

"Não acredito nisso" remete mais a um pedido de socorro ou de tempo para reagir, do que propriamente a descrença na declaração. É como se o objeto que se informa ser amado dissesse: "Não esperava por essa", "Você está brincando", "Preciso me acostumar com a idéia".

"Eu não" – resposta mal educada, se for verdadeira – é uma negativa que tanto pode indiciar reforço na positividade do amor ("Amo, é óbvio"), como brincadeira de mau gosto (amando, mente que não ama, para deixar a pessoa amada em decepção angustiante).

"Que bom!", "Fico feliz!", "Eu já sabia!" são exclamações egoístas e narcisistas, portanto antipáticas. A pessoa amada, cheia de si, só pensa em si, julga-se merecedora de amor sem precisar correspondê-lo.

"Isso é impossível" responde a uma pergunta que não aconteceu. Nela, quem responde julga o Outro, imprime-lhe a derrota antes do início da guerra. Cético e descrente dos segredos do coração, refuta cartesianamente a voz do povo: "A Deus, nada é impossível".

Então, pela primeira vez na vida eu disse "eu te amo" primeiro e, também, pela primeira vez me dei mal. Se eu tivesse escondido meus sentimentos, com certeza íamos ser amigos de muita conversa e nenhum constrangimento.

Também quando você me perguntou o que eu entendia por "amar" – pois todo o mundo fala que ama isso e ama aquilo – você falou – não respondi, de pateta. Agora respondo: amor é um estado de coração que não coincide necessariamente com casamento, nem com relacionamento, namoro, amizade, desejo etc. Qualquer pessoa pode ter uma companhia, ser amiga dela, curtir a cama dela, mas amar a outra pessoa e sentir amizade por quem se ama. Então, você vai chegar aos noventa, cem anos, e eu vou te amar igual a hoje e inconformada por já não ter juventude nem beleza para te encantar. Logo a você, que entende de mulher pra caramba, que vê menininhas em bandos, passeando pelos corredores da empresa o dia inteiro!

Mesmo sem te ver nem te ouvir, muito te amo e te amarei, Você Querido, Amor-Tão-Fácil-de-Ser-Amado. Trabalhe menos, durma bem, suba menos degraus. Não se desgaste, não se arrisque com bandido. Quero te saber vivo, tranqüilo e saudável, sempre.

As saudades daquela que muito te ama.

Novamente, retorno zero. Porém, eu não desanimava e, nas conversas telefônicas, enxergava sinalizadores que, percebi mais tarde, não existiam. Segundo meus planos, a próxima etapa da conquista era atacar de poesia, ao invés de carta. Escrever especialmente e mandar pelo correio, com remetente explícito. A Literatura é plena de mulheres-poetas insistentes no eu-te-amo, até mesmo no título dos poemas, um eu-te-amo que "não tem resposta". Adalgiza Nery ama por grandes e pequenas insignificâncias, num eu-te-amo que não tem resposta. Lê-se no poema que fecha seu livro *Poemas*:

"Pelo instante de profundo amor
Que deixaste passar sem recolher."

No poema, a declaração é mais sofisticada do que em carta, portanto mais rara, pois exige do remetente um mínimo – de preferência um máximo – de vocação poética. Minha vocação beirava o mínimo. Estávamos na Semana da Pátria, semana também do seu aniversário. Mandei-lhe de presente um *best-seller*, acompanhado de cartão com versos apropriados do hino nacional:

Meu Caixa-Preta de Ouro em Raios Fúlgidos
Fulguras, iluminando o Céu.
És Belo és Forte Impávido
De amor eterno sejas símbolo
Nem teme quem te adora a própria morte
Amado Idolatrado
Salve! Salve!
Parabéns! Parabéns!

Naquela semana eu estava enredada em burocracias, preparando documentos para um parente adquirir um imóvel. E, como se fosse o meu amado, escrevi outro poema, a que chamei de "Atestado". Passei-o a limpo, à mão e em papel-linho, coloquei-o dentro do livro-presente:

ATESTO
(e Acredito)
sem os devidos fins
que Lutécia Andrade
parismente me ama
em amor de musicantiga
mirando meu olhar
de pombo ferido,
de primeiro sol da manhã.

Reconheça-se a firma
na admirada perfeição firmada
de tanto e sempre
amar e não ser.
Dou fé.
Em Paris-Pirapora
Piraí-Piramar,
Aos cento e oitenta e nove dias
do Primeiro Ano da Graça
do século vinte e um.

 Três dias depois o meu doce amado me ligou, agradecendo o *best-seller*. Já tinha começado a leitura, estava gostando. Não falou sobre o poemeto escrito no cartãozinho. Minha interpretação do seu silêncio foi de dar pena: ele deve ter achado que não era poema. Apenas uma citação distorcida do nosso hino, devido a minha falta de tempo de pensar em coisa melhor para uma dedicatória. Também, pudera: de intertextualidades ele nada entendia. Quanto ao segundo poema... observou que ele tinha um excelente despachante, que poderia me indicar, quando eu precisasse. Avaliei que estava aprendendo comigo a ser irônico.
 Cega ante tanta insensibilidade, fiz nova tentativa: mandei uma dupla de poemas, premiados no Concurso Nacional de Poemas de Amor. Anexei cópia do diploma de pergaminho que comprovava o prêmio. No concurso não poderiam inscrever-se poetas profissionais. Estes mostram

a vocação com a maior perícia e originalidade. Não é que Drummond escreveu um texto em que chama a amada de nomes de flores, as mais esdrúxulas? Poema pleno de meiguice, de delicadeza e cuidado amoroso. Contudo, o objetivo daquele concurso era descobrir talentos, revelar poetas desconhecidos. Em suma: o meu pobre e premiado poema de amadora chama o meu amado de um tudo desconjuntado. Um desconserto de amor, com direito a epígrafe.

Desconserto de Amor

> *Amar-te não é só empenhar-se em nobres causas, ou ambições sublimes, é combater por um fio que seja, dos teus cabelos, para que te honrando me honre.*
>
> Carlos Nejar, *A Engenhosa Letícia do Pontal*

Meu santinho de primeira comunhão
Meu primeiro namorado
Meu lampejo de luar
Meu suspiro de saudade
Meu minuto de prazer
Meu assobio de vento
Meu beija-flor encantado
Meu néctar de amargura
Meu bichinho de pelúcia
Meu laço de fita azul
Meu sonho de papel crepom
Meu respingo de chuvisco
Meu sabor de uva-passa
Meu anel de esmeralda
Meu quebrado dente de leite
Meu esquilo de murano
Meu coração de porcelana
Meu soldadinho de chumbo
Meu sapatinho de cristal

Minha lágrima de alegria
Minha asa de borboleta
Minha pontada de dor
Minha pena de coruja
Minha cruz de via-sacra
Minha palavra Sagrada
Minha noz de chocolate
Minha folha de hortelã
Minha dentada de maçã
Minha chave de ilusões
Minha palavra de silêncio
Minha colher de melado
Minha lâmpada de azeite
Minha serenata triste
Minha nuvem de sorvete
Minha noite de insônia
Minha carta extraviada
Minha alma incompetente
Minha página transparente

Meu morango açucarado   Minha só desesperança
    Meu poema estraçalhado
    Meu querido Você Querido
    Meu amor desconstrangido.

Esse poema-vocativo e evocativo foi acompanhado de outro, simples e simplório, ao qual chamei de "Convite Irritantemente Ingênuo". Rigorosa em matéria de crítica literária, não o tinha por um poema propriamente dito, mas uma prosa versificada:

A essas alturas da vida
já fizemos de um tudo,
já vimos tudo,
já vivemos de tudo.
Nada mais temos a ganhar.
Muito menos a perder.
Deixa as empresas com os três meninos.
Deixo a Biblioteca com um dos meninos.
Vamos morar em Ilicínia,
ou Turmalina, meu amor.
Numa casinha de sapé
com ar condicionado,
telefone, radinho,
e quinhentos romances.

Admirador de Drummond, o meu amado me ligou para dizer que aqueles poemas lhe lembravam o poeta itabirano, que o prêmio tinha sido muito merecido. Nenhuma palavra sobre o conteúdo deles. Não teve a intenção de me chamar de plagiária ou coisa que o valha. Nem faria isso, pois, ao contrário de mim, não é literato. Apesar de excelente e voraz leitor, não curte análise literária.

Eu continuava achando que a escrita é a última tentativa de alfabetizar o ser amado para a correspondência do amor rejeitado. Não para que se receba como resposta ao "eu-te-amo" um "eu-também", mas uma resposta ao amor, qualquer que seja ela. Aí joguei algumas das poucas cartas de baralho que me restavam. Elaborei uma espécie de manual, a que chamei de "Reflexões para Cartilha de Alfabetização Amorosa – Letra I". Letra I porque, com ela, começam incontáveis nomes da língua portuguesa que carregam a idéia de negação, de rejeição, de anulação. Afinal, até então o meu amado nada tinha a me dizer.

O manual resultou num folheto simpático, exemplar único e impresso em computador, ao qual acrescentei uma capa com o decalque de um ramo de amarílis. Amarílis lembrava Amarige, o meu perfume preferido, que usei tantas vezes em sonhos e inutilmente, na tentativa de seduzi-lo. O manual era em prosa mesmo. Os títulos eram vocábulos começados em "in" e acabando em "ência": Coloquei-o num envelope, subscritei-o aos cuidados da mesma secretária e mandei um motoqueiro entregá-lo na empresa. A meta era obter uma resposta, qualquer resposta. Julguei aquele folheto ingênuo e melífluo, desde a gelada e naufragante epígrafe, de minha própria autoria.

REFLEXÕES PARA CARTILHA DE ALFABETIZAÇÃO AMOROSA

LETRA I

você pedrinha de granizo
você cubos no uísque
você balde com champanha
você pista de patinação
você paisagem de São Joaquim
você *iceberg*

eu Titanic.

INOCÊNCIA

A mulher apaixonada escreveu um poema.
A mulher mostrou o poema ao poeta famoso, considerado um dos três melhores do País.
O Poeta, também crítico literário, em sua linguagem poética achou

o poema "uma lindeza de tudo", e até falou que invejava tão oculto destinatário.

Aí a mulher mostrou o poema para o Psicanalista.

O Psicanalista, não menos famoso e sem sair da área dele, se encantou e disse que "tamanha expressão de afeto é coisa rara e muito preciosa".

Continuando insegura, a mulher queria uma terceira opinião, opinião da mais alta instância. Decidiu mostrar o poema para Deus, e sem acreditar nele.

Deus, do alto da sua onisciência, fez uma grave e reticente observação:

– Esse belo poema... para esse destinatário... não sei não... vai entrar num olho, sair no outro e cair no esquecimento. Se fosse você, não me arriscava... sua cara já está muito quebrada...

Então a mulher, por não acreditar em Deus, entregou o poema ao destinatário, pedindo a ele que lesse depois.

Passaram-se vinte e três dias de silêncio. Razão suficiente para a mulher acreditar em Deus, mas ela continuou desacreditando.

Decepcionada com o apregoado poder de alfabetização amorosa pela poesia, e contrariando Deus, a mulher ligou para o destinatário e perguntou:

– Você gostou do poema?

E ele:

– Que poema?

Diante da resposta-pergunta, a mulher foi lamentar-se junto ao altar, ajoelhar-se aos pés da santa cruz.

– Não avisei? – Deus disse. Mas, como o meu papel é colar caras... Fazer o quê? Tenho uma idéia. Porque você não inscreve o poema no Concurso Nacional de Poemas de Amor? Se ganhar, ganha um diploma de pergaminho e a publicação, com seu nome, na Antologia dos Amantes. Cada inscrito pode apresentar até três poemas. Os dez melhores poetas são classificados num lugar único. Assim, pelo menos você não fez o poema à toa...

– Boa idéia – respondeu a mulher. Acho que vou criar coragem de mandar também um outro poema. Aí o serviço fica completo. Só que, nesse concurso, se inscrevem poetas experientes, nomes conhecidos. E sou poeta de eu-te-amo / não-tem-resposta, de pela-primeira-vez-na-vida-rejeitada. E se eu fizer mais uma tentativa, mandando o outro poema para o destinatário?

– Nem pensar! – retrucou Deus. Parece que ele não gosta de poesia. Muito entende de mulher, do corpo delas. Da alma se manifestando através do corpo... não sei não.

A mulher inscreveu os dois poemas no concurso. Quando recebeu a notícia da dupla classificação, chorou. Premiada com poemas de rejeição sem limite. Um deles intitula-se "Desconserto de Amor". Foi transcrito páginas atrás. O outro... Não. O outro é docemente pornográfico e não combina com o tom deste livro.

E Deus viu que tudo era bom.

Incompetência

Lembrei-me de quando fui jogadora de vôlei no colégio, aliás péssima jogadora. Nas partidas de campeonato, a Ana Lúcia, a mesma daquele namorado lindo, vivia reclamando das bolas que eu levantava para ela cortar. Eu ia mal nos levantamentos, de propósito, para que ela mandasse a bola na rede e fosse vaiada na presença do moço bonito, minha paixão. Agora, utilizo o vôlei como alegoria do reaquecimento daquela paixão de menina.

Tudo deu errado, por incompetência e inexperiência de uma idiota que não sabe jogar, não aprendeu as regras do jogo. Algumas jogadoras – porque vividas, tarimbadas e espertas – conseguiram e continuam conseguindo ganhar algumas partidas. Por serem jovens e belas, têm muita força: atacam sem dó nem piedade, fervem em cima pra valer, entram fácil em bola dividida e saem jogando numa boa. Resistir? Quem há-de!

E mais: têm a oportunidade de treinar e observar jogos vinte e quatro horas por dia. A idiota, além das próprias limitações, trabalha longe, desconhece as rotinas, não tem como acompanhar os treinamentos. Não é do ramo, fato que dificulta muito as coisas, segundo a história que se conhece e segundo a novela do dia da Globo. E mais ainda: O tempo passou e ela não percebeu que já não é Rainha das Praias de Guarapari, Princesa dos Taxistas. Com faixa, coroa e tudo o mais.

Atleta nota zero. Queria levar a bola com o maior cuidado, para não machucar ninguém, e deu no que deu: perdeu feio o jogo, com muito sofrimento, muitas lágrimas. Nem mesmo sabia cobrar faltas. Brigar, discutir em campo? Em hipótese alguma. Nunca teve vocação para barraqueira. Ir à luta? Não sabia como, não foi preparada para isso. Tão simplesmente: um poço de incompetência e de inexperiência; uma beócia que nunca precisou lutar na área para conseguir bola, porque a bola sempre lhe foi entregue de bandeja.

Contou com a Literatura, achou que ela serviria para alguma coisa, um algo mais que marcasse diferenças, suprisse inferioridades. Mas a Literatura de nada serviu. O romantismo até parece que prejudicou, ao invés de ajudar.

O psicanalista Gikovate disse no *Café Filosófico* que "há pessoas que têm medo do amor". A idiota, ignorante, não sacou isso antes. Podia ter ficado calada, sem meter sentimentos na história. Assim teria conseguido pelo menos uma descompromissada convivência legal, alguma presença, longas conversas. Isso já seria o bastante. Não tem gente que vive feliz com pequeninas coisas, até à morte? Conheço um homem que visita uma mulher, diariamente, há quarenta anos. Visita, pura e simples, na sala, só conversando. Cada qual tem o seu cônjuge.

Mas a idiota acabou ficando sem nada. A falta de convivência só trouxe saudade. As ligações sem retorno trouxeram muita humilhação. E a canseira de ter de escrever tudo, quando queria conversar, porque, para ela, somente para ela, nunca sobrava tempo. E as conversas prometidas que jamais aconteceram. A palavra que mais ouviu, até mesmo para insignificâncias, foi "NÃO". Às vezes, nem acabava a frase do pedido... e já recebia um não. Rejeição sem limite.

Insolvência

Encontrou-se com ele no leilão de café em Manhuaçu. Deu-lhe os parabéns por ter percebido: era mesmo transferência, obsessão, engano de pessoa, efeito colateral bravo ou qualquer outro nome que se lhe dê. Tudo passou, e o vento levou!

Quanto às coisas que falou, não tem problema: palavras, o vento leva.

Em relação ao que escreveu, esqueça-se: foi tão simplesmente Literatura, no sentido estrito do termo: belas mentiras, mundos de fantasia.

Há males que vêm para bem. Antes dos dois anos – tempo que durou sua "doença" – não conhecia o sofrimento do desamor, da indiferença, da amizade rejeitada, da humilhação, da espera por ligações prometidas e não retornadas cujo objetivo eram um simples bate-papo para diminuir uma saudade imensa. Se não seriam retornadas, porque prometidas? Isso, não perdoa.

Saiu da "enfermidade" com outros olhos, outros modos de encarar as pessoas e a vida. Valeu. Aprendeu lições contrárias a todas que pôs em prática durante toda a vida. Está seguindo as novas lições e, aquelas que já não tem mais tempo de seguir, ensina-as aos que ainda estão no tempo do aprendizado. Listou as mais significativas:

Nunca se deve revelar os mais profundos sentimentos. A mãe das virtudes é a dissimulação, o fingimento. O pai é o silêncio. Se tivesse sido fingida e silente, se nunca tivesse pronunciado a chamada "frase fatal", teria sido sempre bem recebida e consolada com mãozinha dada durante dez minutos, tal como aquela amiga que – amando outro, é claro – nem guardou o nome do livro que ganhou. Em contraposição, leu todos, anotou com o maior empenho, indicou e escreveu sobre. Teve a mesma solidariedade? Não teve.

Convém insistir nisto: caso você der azar e pegar o vírus de um Grande Amor, não se declare à pessoa amada nem faça confidências a terceiros. Declaração é sempre um risco, pois a maioria das pessoas não suporta ser amada. Elas gostam de ser objeto de admiração, sedução, desejo, inveja, puxa-saquismo. Já o amor pode ser um vírus transmissível e mortal. Aí...

Os confidentes, inconscientemente invejosos da sua capacidade de amar – capacidade essa que eles não têm –, embasbacados, vão atrás do seu ser amado, curiosos de observar de perto o objeto de tanto amor e lágrimas. Não por quererem competir com você, mas por serem miméticos e acharem que você é um belo exemplo a ser imitado. Esses confidentes vão levar para o seu amor presentinhos sem quê nem para quê – gravatinhas, bombozinhos –, vão ser retribuídos com livrinhos ou conselhinhos sedutores, vão pedir-lhe ou agradecer-lhe proteção, vão chorar por outros amores.

E você, que tanto ama, que foi idiota de se declarar, o preto no branco, que foi mais idiota ainda de contar tudo para confidentes pouco equilibrados, você que presenteia com coisas feitas pelas próprias mãos, ou melhor, pela sua cabeça, você fica sendo um zero à esquerda na história!

Depois, os confidentes vão sadicamente te contar tudo. Você vai desesperar-se, querer a morte, tal como o Werther do Goethe, no século XVIII. Não porque eles bancaram o São Tomé, mas porque foram tratados como um zero à direita na visitinha!

Se, ao pegar o temível vírus, o objeto do seu amor lhe for indiferente e não quiser ao menos sua amizade, não lhe deseje mal, não o transforme em seu inimigo. Rogue-lhe apenas esta praga, que, com certeza, vai pegar: "Se você pensa que se bastará para sempre, está redondamente enganado. Antes de morrer ainda vai conhecer alguém, vai rastejar aos pés desse alguém, e também vai ser tratado como cão raivoso ou cobra venenosa".

Insistência

A falta de auto-estima me faz pensar o que penso que ele pensa. Mais ou menos assim:

Essa mulher não se enxerga. Ainda é bonita? Até que é. Melhoraria muito com uma boa plástica. Inteligente, culta, simpática, amiga. Mas se apaixonou e não larga do meu pé. Insistente.

Me liga demais, agora deu também para passar na minha empresa algumas vezes. Escreve-me coisas interessantes, até fita gravou para mim. E de música popular romântica, veja só! Saco! Logo eu, ouvinte de Mozart.

A cegueira dessa mulher: será que não saca que está por fora do meu padrão? Homens da minha idade, do meu tipo, com a minha fama e grana, querem só mulheres de até quarenta, e olhe lá! Muito bonitas, belo corpo, de preferência também ricas, para não se correr o risco de que estejam com a gente por interesse. Inteligência e cultura são coisas secundárias, nessa altura do campeonato.

Essa mulher não se enxerga mesmo. Tem um monte de aviões por aí, vendendo saúde e cantando a gente. Para não falar em algumas jovenzinhas edípicas, de rosto e corpo esculturais, daquelas exibindo exame de HIV zerado. Daquelas de se ficar com, dar um anelzinho e pronto. Mas isso também é fria: de vez em quando costumam aparecer pedindo quinhentos reais para pagar o BNH atrasado da mãe. O fim da picada. A gente vai negar? Não vai. Podem sair espalhando coisas, complicar nossa vida. Dessas, também tou fora.

Há exceções, claro. É só ver o caso do Coronel. Os invejosos e sem coragem falam mal da garota, acham que o interesse dela está é no dólar, mas ele nem se toca. Apaixonado. E mais: é só ouvir as histórias do Oswaldo, implantado e viagrado: esposa, amante e um bando de meninas à disposição, atrás de silicone de graça. Como se vê, posso ter a minha bela menina na hora que eu quiser. Única exigência: não ser doente nem amalucada. Doidas – tenho dispensado. Aliás, essa mulher sabe disso. Contei. Mesmo assim, não se manca. Cinqüenta anos pra mim é velha. De velha por velha, fico com a minha.

Essa mulher vítima da cegueira é um abacaxi para descascar, tenho tido a maior paciência. Trato nos conformes da minha profissão, sigo à risca o código de ética, mesmo não tendo mais nada a ver. E nada. Prestigiei profissionalmente. E nada. Acionei o meu discurso-padrão, com clareza, sobre as impossibilidades. E nada. Agora deu para me pedir para ligar. Falo que ligo e não ligo, mas de nada adianta. Vive cobrando. Tenho até pena, e só por isso liguei uma vez, mais como profissional, com medo de um suposto piti. Reconhece que sou educado e não vou destratar. Nem posso. Afinal, ela não me apareceu de repente ali na esquina, não é qualquer uma para que eu possa bater o telefone na cara. A última novidade: se ofereceu pra me ensinar computação. Era só o que faltava, com tanta professora competente e bonita por aqui.

Espero que, com o tempo, essa mulher – cega e sem autocrítica – vai acabar enxergando-se, vai convencer-se de que estou em outra, e numa boa. Aí vai desistir, graças a Deus!

Indulgência

A baixa estima me faz rainha da tolerância. Sonho até com poligamia. Novamente pensando no que penso que ele pensa:

"Uma mulher me ama e me ilumina", escreveu Vinicius de Moraes, porque era sábado. Não tinha inclinações de polígamo. Suas amadas eram sucessivas, não simultâneas. Queria amores que não fossem imortais – posto que o amor é chama – porém que fossem infinitos enquanto durassem. Vinicius, o poetinha de cem mulheres, o diplomata alternativo, o autor do livro clássico de crônicas *Para Viver um Grande Amor*, no meu imaginário assim escreveu para uma mulher:

Uma mulher me ama de modo especial. Muito mais do que qualquer outra me amou. Me idealiza mas, ao mesmo tempo, me aceita como sou, me respeita em tudo, contenta-se com as migalhas de amizade que caem da minha farta mesa de convivas. Ela tem autocrítica, não sente qualquer mágoa pelo meu não-amor. Sofre de saudade. Vai acabar morrendo de saudade porque nos vemos e nos falamos muito pouco. E não aceito que seja diferente, nem devo explicações.

Suas fantasias fogem às comuns das mortais. Ela não pensa em nada que possa abalar minhas estruturas familiares em seu benefício. Tampouco espera milagres do tipo a minha escolhida apaixonar-se por outro e me deixar. Sabe que, nem se isso acontecer, ela será a bola da vez. A fila é grande, começou antes de ela aparecer na minha vida.

Por isso, suas fantasias são muito especiais: moramos em Riad, onde sou embaixador. Nos naturalizamos árabes-sauditas, nos convertemos ao islamismo. Por suas leis casei-me com três mulheres: a que escolhi, a que me escolheu e a que ela escolheu – chamada Karina. Para quem não sabe, Karina é uma rainha de beleza. A mulher que me escolheu recoloriu em amarelo carregado o pano-de-fundo da fotografia de minha *miss*, de onde sobressai, numa névoa dourada, seu rosto encantador. Segundo Fréderic Portal, no livro sobre as cores simbólicas em todos os tempos (1837), esse amarelo-choque, essa luz de ouro, para o Islã significava "sábio e de bom conselho". Amarelo-desespero, a cor que dou ao Vestido entregue à mulher pela amante do marido, no poema de Drummond que um dia vai ser romanceado por Carlos Herculano Lopes.

Daí a mulher que muito me ama fantasiar viver comigo na capital da Arábia Saudita, para sempre, para o resto de nossos dias, porém com sabedoria e aconselhamento: unindo a mulher minha escolhida, a mulher do amor maior e a mulher encanto supremo.

5
Forças Ocultas

O MEU AMADO MANDOU a secretária me agradecer "o envio do livrinho", quer dizer, da cartilha, acrescentando que o leu e achou interessante. Nenhuma mensagem pessoal ou personalizada. Foi o mesmo que repetir o anteriormente dito: "Isso é impossível". Afirmativa lacônica que, ao mesmo tempo que diz tudo, nada diz. Praticamente sinônima de "Não tem resposta".

Os amadores sem-resposta, humilhados, desqualificados e desestruturados, enfraquecidos em sua condição de rejeitados sem limite, e que, por não saberem perder, continuam insistindo no amor sem jeito, procuram, no baixo sobrenatural, algum alento esperançoso da correspondência amorosa. É uma atitude de risco, para a qual José Saramago chamou a atenção, ao advertir, n'*O Homem Duplicado*: "Nunca jogues as pêras com o destino, que ele come as maduras e dá-te as verdes". Entretanto eu, frustrada com o insucesso da minha cartilhazinha, optei pelo jogo das pêras, fazendo ouvidos de mercador à advertência do amigo Saramago. Minha prioridade era conhecer, ainda que precariamente, o futuro daquele amor sem futuro.

E mais: o uso do cachimbo faz a boca torta. Como literata, ocorreram-me os romances de Jorge Amado, que pululam de "trabalhos" os mais esdrúxulos para mulheres conseguirem a conquista do homem desejado. Ou para se verem livres dele. Se a consciência do meu antigo amor renasceu sob o signo de um oráculo milenar eternamente plantado nas areias do Saara, a sua correspondência poderia estar na boca dos novos vendedores de ilusões e seus trabalhos.

O desespero em se saber o futuro do amor leva as pessoas – homens e mulheres – a acreditar em coisas desacreditáveis ou em descrédito. Uma delas, horóscopo. Todo jornal e revista que se preza tem o seu, muitas vezes em contradições gritantes para nascidos sob o mesmo signo. Entretanto, a necessidade que temos de controlar nossa vida é tanta que, mesmo descrendo nos astros, lemos como será o nosso dia, o nosso mês. E, por alguns meses, eu lia diariamente, apenas num dos maiores jornais do País para não haver contradições, o nosso horóscopo. Com vista a motivar o meu amado, costumava mandar-lhe mensagens comentando o dele, advertindo-o ou incentivando-o. Vez por outra comparava as predições afetivas para ele com as previsões que se faziam para mim. Tudo muito *light*, para não espantar a caça.

Coisa semelhante é a visita aos adivinhos, médiuns, mães-de-santo etc. O conto de Machado de Assis "A Cartomante" revela a ilusão dessa prática: Camilo foi consultar uma, que o tranqüilizou sobre o seu caso com uma mulher casada. No mesmo dia, o marido matou os amantes. As ciganas lêem a sorte, mas também nos vendem jóias falsas. " – A cigana me enganou" – falamos quando somos surpreendidos com azar.

Consciente de todas as fraudes e descréditos, em desespero eu corria toscamente atrás do meu futuro amoroso. Se o leitor bem se lembra, minha visita ao Egito, a pretexto de imitar famosos colegas literatos, especialmente minha encantadora xará, podia ser interpretada como uma forma de enfrentamento com as forças ocultas para obter o amor de alguém, a ferro e fogo. Indo buscar lã, saí tosquiada. Agora, os magos é que se interpunham em meu caminho, tentando seduzir-me com falsas promessas a troco de dinheiro.

FALTA DE SORTE

Propositadamente fui caminhar no Parque do Cisne, aonde nunca vou e onde sei que é local preferido das ciganas para ganharem a vida. A ciganinha faminta abordou-me:

– Moça, deixa eu ler a sua sorte?

Parei. De pena, estendi-lhe a mão. A magrela olhou, reolhou e, séria, suspirando:

– A senhora ama um moço bonito que não ama a senhora. Não fica triste porque nuns dez anos, estourando, ele também vai te amar.

– Isso tudo? Até lá, já morri de amor.

Enquanto falava, com a outra mão tirava da bolsa uma nota de dez reais. Dei-a à cigana, que retrucou super-alegre:

– Então... nuns cinco anos!

– Aí, já melhorou – respondi.

Remexendo de novo na bolsa, tirei outra nota igual, na esperança de que a ciganinha continuasse reduzindo o tempo. Inútil. A garota me arrebatou a segunda nota e saiu quase correndo, balançando as duas ao vento.

A CONSULTA

Levei peças antigas, para restauração, a um *atelier* anunciado no jornal. Lá também se vendiam artigos de umbanda.

Depois de atender-me, a balconista investiu:

– A senhora não quer fazer uma consulta? É de graça!

– Consulta? Como assim?

– A mãe-de-santo está lá dentro, agora não tem ninguém com ela.

Quase empurrada pela mocinha, entrei para os fundos da loja. Uma morena jovem, de bata branca e longo colar vermelho estava de plantão, sentada próximo a uma mesinha. Perguntou meu nome, anotou-o num caderno, apresentou-se como Esmeralda. Eu poderia ter dado um nome falso, mas, como não sou chegada a esse tipo de expediente, ficou lá escrito Lutécia mesmo. Sobre a toalha, também branca, búzios e um baralho ensebado. Indicou-me uma cadeira.

– Olha aqui, moça. Pode me falar sobre qualquer assunto, menos doença e morte, certo?

— Oquei, mais tem um detalhe. Eu não falo nada. As cartas ou os búzios é que falam.

E, apontando para o baralho, deu a ordem:

— Corta.

No que cortei, escapou um rei de paus, virado. E Esmeralda:

— Vixe! Já que não quer saber, não falo nada.

Foi pondo as cartas. Era baralho de tarô. A cada carta que virava, dizia alguma coisa, olhando dentro dos meus olhos. Ora coisas certíssimas, ora coisas erradíssimas. Houve um momento em que chegamos a bater boca:

— Tem dois homens na sua vida. Um grisalho – que te ama e adora – e um moreno, que você ama e adora.

Sabidamente, ela evitava as palavras "velho" e "jovem". Sorrindo, atalhei, dando-lhe uma colher-de-chá:

— Não é o contrário? Amo e adoro é o grisalho, que não tá nem aí pra mim!

Esmeralda não perdeu por esperar:

— Você conhece o grisalho tem quanto tempo?

— Mais de trinta anos.

Ela me encarou, um tanto incrédula. E, decidida:

— Então, vamos começar de novo.

Ajuntou apressadamente as cartas, enquanto eu dizia que não precisava cortar outra vez, não estava a fim de ver outro rei de paus. A mãe-de-santo concordou, acrescentando que, se isso acontecesse, era prenúncio de doença dupla.

— Pneumonia dupla? – perguntei, de brincadeira.

Esmeralda me olhou por debaixo das longas pestanas besuntadas de rímel, com certeza achando que pneumonia dupla era o mesmo que duas pessoas com pneumonia:

— A senhora não queria saber, mas é isso aí.

Ia espalhando o baralho, concentrada, e concluiu alegre:

— A madame tinha razão. O moreno tá fazendo despacho para o seu relacionamento com o grisalho não ter futuro...

Esmeralda era chegada a modernismos. Ao invés do convencional "caso", preferia dizer "relacionamento". No lugar de "não haver esperança", usava "não ter futuro". Sem dúvida, uma mãe-de-santo *fashion*.

– E o que podemos fazer?

– Um trabalho bom, para descarregar. Perdido por cem, perdido por mil. É tiro e queda.

"Tiro" me fez pensar em assassinato, gelei-me. Não era. Esmeralda também gostava das frases-feitas. Continuou:

– É só providenciar um material. A mecha do cabelo grisalho fica por sua conta. Vai atrás do barbeiro dele, vire-se. Pode ser pouca coisa. O resto é comigo.

Dei uma gargalhada, a mãe-de-santo fechou a cara, estava sentindo-se ofendida em seus brios de profissional. Ria só de pensar se acreditasse naquilo, se tivesse de obter mecha de cabelo do "grisalho". Imaginei-me subornando a secretária para saber onde era o barbeiro, vi-me ridícula e disfarçadamente plantada nas proximidades, dias e dias dentro do carro, óculos enormes e escuros, até o esperado dia. Ou então vestida de formiguinha, varrendo por ali tartarugadamente, horas e horas. Ou, ainda, bancando a fiscal de trânsito.

Se o salão fosse unissex, tinha meio caminho andado. Tão logo ele chegasse, entrava no carro, punha uma roupa sobre o uniforme da prefeitura (o Prefeito mandaria internar-me, com toda a certeza) e sapato chique – o tempo exato de o barbeiro começar o serviço. Entraria um tempo depois dele (– Nossa! Que coincidência! Passava por perto e resolvi fazer as unhas. Nunca vim aqui!). Tão logo ele saísse, daria um jeito de apanhar despistado uns cabelos ainda no chão. E se fosse lugar só para homens? Impossível! Não tinha como executar o plano.

Pensou em encerrar a conversa com Esmeralda ali, mentir que o "grisalho" era totalmente careca, índio sem pêlos, mas resolvi levar em frente o papo:

– Mas... quanto tempo demora para ele começar a me amar?

– Uns cinco meses...

– Isso tudo? E, qual é o preço? A gente tá rodado... Se um morrer antes, você devolveria o dinheiro?

Sem vacilar e visivelmente contrariada, Esmeralda me encarou:

— O santo de vocês é forte, ninguém vai morrer por agora. Tudo fica só em três mil e setecentos reais.
— SÓ? Não. É caríssimo. Não vou querer.
— A gente pode dividir de três vezes.
— Assim não vai dar certo. Santo não gosta de prestação. Para ele, é pegar ou largar. Tá muito caro. Vou largar.
— Não tá caro não. Garanto que vai ser amor para a vida toda, e dos bons! Pra garantir a fidelidade também, é só mais trezentos reais...

Ela tirou da gaveta um caderno caindo aos pedaços. Folheava-o e mostrava garranchos de preços similares, combinados com outros clientes, abaixo da descrição dos respectivos serviços. Tudo para provar que estava sendo honesta. Como me preparasse para ir embora sem fechar o negócio, Esmeralda fez uma última tentativa de convencimento:

— Não é caro, juro! O amor vale muito e tudo. A vida é que tá difícil. Conseguir um vigia de confiança para a encruzilhada, a fim de não roubarem as velas e o sangue da galinha pra fazerem molho pardo... é um deus-nos-acuda, Dona Lutécia, que a senhora nem imagina! E.. por acaso cê sabe quanto tá custando um bode preto? O bode branco até que a gente pode dispensar. Mas o preto...

Arregalei os olhos, fiz nome-do-padre, disse "tiao" e me mandei.

A JUSTIFICATIVA

Certo dia perguntei a um feiticeiro como ele explicava a explosão repentina de uma paixão antiga, ao fazer uma simples visita de cortesia, de poucos minutos. Do alto de sua sabedoria cultural milenar, da África de seus antepassados, ele pontificou, depois de me pedir um trocado para pagar o almoço: "Antes de entrar naquela bendita sala, você só pode ter passado por alguma encruzilhada, no capricho: com garrafa de cachaça, galinha preta, bandeja de farofa, vidro de pimenta, sal grosso, pó de café, terra de cemitério e vela acesa. E, além do mais, certamente pisou sem ver, apagou a vela".

Dei-lhe uma boa refeição.

POLÍTICA

Nem o conto-ensaio de Lou-Lutécia, nem as cartas, nem os poemas premiados, nem bilhetes, nem telefonemas, nem a Cartilha de Alfabetização Amorosa, nem o apelo a forças ocultas, enfim, nada do que pus em prática conseguiu despertar o amor do meu amado. Como sou uma literata, não iria desistir facilmente, e por um forte motivo: as centenas de romances que li me ensinaram os caminhos tortuosos do amor e do desamor, me mostraram as armas leves e o armamento pesado da conquista e da sedução. Paciência e prudência deviam ser o meu lema. Eu estava apenas no início da empreitada com aqueles meus fracassados expedientes. Era de bom alvitre partir para um novo, mas ainda munida de armas leves. Foi quando decidi provocar a queda de minha bastilha através da Política. Se você tem algum conhecimento da história do Brasil republicano, há de lembrar que o nosso presidente Jânio Quadros relacionava forças ocultas com política.

Sempre me simpatizei com a esquerda, ou, mais precisamente, com a extrema-esquerda. Na época da ditadura militar, o amor me salvou da prisão: quando os agentes chegaram a minha casa, com metralhadoras em punho, para vasculhar as estantes atulhadas de livros subversivos, quem lá encontraram? Nada menos do que o filho único do comandante das Operações de Caça aos Comunistas. Contestador do pai, dava-lhe as maiores dores-de-cabeça. Uma delas, me namorar. Os milicos nos surpreenderam aos beijos no sofá da sala. Ele se identificou, aliás sem precisão: se, por um lado, era público e notório sua condição de ovelha-negra da família, por outro lado também era moço bonito e bom partido, sua foto vivia estampada nas colunas sociais. A soldadesca bateu em retirada sem executar a operação. Não queria encrenca com o filhinho querido do patrão.

Logo que entrei para a Faculdade, engajei-me nos grupos radicais: aprendi de cor e salteado as táticas terroristas das italianas Brigadas Vermelhas, enfrentei uma viagem turística à selva boliviana com a pretensão de encontrar o Che Guevara em carne e osso. O máximo que lá consegui foi um disco, com trechos de discursos seus e de Fidel, gravados na

Sierra Maestra, o qual guardo e ouço até hoje. Não vi o guerrilheiro romântico, endurecido sem perder a ternura, mas trouxe de lembrança a sua voz. Até excursão à Europa fiz, apenas para tentar conseguir, na Espanha, um visto para Cuba. A Espanha era o único país que, por questões históricas coloniais, sem frieza mantinha relações diplomáticas e de comércio com Havana. Os demais se alinhavam à política de bloqueio do Tio Sam. Não preciso dizer que me negaram o visto. O embaixador cubano em Madri foi claro:

— *Señorita, no me gusta crear problemas con los gorillas del Brasil. No tenemos relaciones con ellos, son nuestros enemigos.*

Los gorillas del Brasil — expressão usada para referir-se aos golpistas, nos países que transmitiam programas radiofônicos especiais para nós, em espanhol, noticiando fatos da ditadura não divulgados aqui. O pai do meu namorado espumava de ódio ao saber pelo filho, que ouvia comigo, tudo aquilo que Pequim, Moscou e Havana diziam dele e da companheirada, naquelas transmissões noturnas, precárias e prejudicadas pela estática. Os militares, censores até das nossas conversas, não tinham como interceptar nem controlar as ondas de rádio vindas do exterior, que diziam deles cobras e lagartos, sem exageros. Nem ao menos podiam alegar ser coisa só de comunista, pois até a londrina e isenta BBC nos passava notícias proibidas — peripécias dos *gorillas*.

Para entrar na política, escolhi um cargo legislativo. Restava-me saber se eu me candidataria a vereadora, deputada estadual ou deputada federal. Senadora não era para o meu bico, descartei de saída. Depois de consultar parentes e amigos, optei pela vereança em um partido à esquerda da esquerda. Além de mais modesto, vereador era dos cargos que, na minha avaliação, causaria maior impacto em meu amado. Uma de suas empresas-satélites estava atolada na dívida ativa com o município. Se me elegesse como campeã de votos, meus contatos na prefeitura muito poderiam ajudá-lo a negociar o vermelho. Assim, eu achava, angelicalmente, que ele cairia a meus pés.

Meu cunhado milhardário, dono de companhias de petróleo no Mar do Norte e que já não sabia onde pôr tanta grana, bancou a campanha. Como vêem, não era uma campanha para lavagem de dinheiro.

Convém que se diga que ela se pautou pela honestidade, sem compra de votos. Montei uma estratégia perfeita, bem ao gosto do eleitorado: a peso de diamante, contratei um cantor popular famosíssimo, uma lindíssima atriz de novela não menos famosa, e um dos mais tietados craques da seleção brasileira de futebol. Contei também com a preciosa ajuda de um pastor de programa televisionado.

Todos tiraram férias, ficando por minha exclusiva conta durante trinta dias. Foram competentes e imbatíveis cabos eleitorais. Com o que lhes paguei, compraram imóvel em Miami ou Barcelona. No último mês antes das eleições, visitaram centenas de moradias, preferencialmente nas favelas, distribuíram santinhos e fotos reais minhas junto deles, com autógrafos personalizados, dados ali, na hora H da visita. As fotos se faziam acompanhar dos respectivos porta-retratos. Trabalhando duro no corpo-a-corpo com os nossos toscos eleitores – conforme lhes qualificou o cientista político Fábio Wanderley Reis no *Roda-Viva* – dançando de acordo com a música, sem corrupção mas gastando muito do dinheiro do meu cunhado, me deram uma vitória estrondosa. Classifiquei-me entre os três vereadores mais votados da cidade.

Meu amado me ligou, deu-me efusivos parabéns, mas só ficou nisso. Pensando eu na pendência daquela sua empresa, disse-lhe que estaria às ordens para solucionar quaisquer problemas empresariais. Ele agradeceu polidamente, acrescentando que não costumava usar políticos em suas relações com o governo, não era consumidor do jeitinho brasileiro. Quando julgava estar com a razão, preferia a via jurídica e, para isso, tinha excelentes advogados. Se ganhasse, ótimo. Se perdesse – o que era raro –, pagava, até o último centavo, tudo o que a Justiça estabelecesse. Não queria ver seu nome no noticiário policial. Retruquei: longe de mim propor truques, trambiques ou tramóias. Dispunha-me apenas a ajudar. Afinal, seria uma vereadora de ponta e insuspeita, não só por ter-me candidatado pelo esquerdíssimo partido, como também pela quantidade de votos obtidos. Ele agradeceu e me desejou sucesso.

Portanto, eu me ferrava na nova profissão, em termos amorosos. Minha expectativa era a de que o meu amado comesse na minha mão, precisasse de mim e contasse comigo. Me dispensou de saída. Seus caros advogados seriam mais importantes do que eu em qualquer causa. No final de três meses de mandato, notei que o meu amado não dava a menor importância a meu cargo, não recorria a mim para coisa alguma. E mais: ele não gostava de política, não tinha amizades nem convivência com políticos. Então, renunciei à cadeira da câmara de vereadores, alegando questões de saúde, necessidade de tratar-me no exterior por tempo indeterminado.

Não pensem que joguei milhares de votos no lixo nem que decepcionei meus eleitores. Meu suplente era um político dedicado, profissional, de larga experiência legislativa e fez um excelente trabalho em prol de nossa cidade. Certamente melhor do que eu faria. Por sua vez, meus famosos cabos eleitorais não ficaram decepcionados comigo porque paguei direitinho o contratado, uma quantia significativa praticamente caída do céu. O Partido também saiu ganhando, pois houve uma boa sobra de campanha que entrou para seus cofres. Meu cunhado não teve prejuízo: nos países em que declara Imposto de Renda, os descontos para campanhas políticas são lucrativos. A única perdedora fui eu: através da política, não consegui o tão sonhado amor do meu amado.

6
Visitas

Até aqui, minha aproximação a meu amado tinha sido feita através de mediações, e nunca em enfrentamento cara a cara. Dado o insucesso dos mediadores, entendi que tinha chegado a hora de procurá-lo pessoalmente, com a cara e a coragem. A minha tática passava a ser a da procura pessoal mediante visitas a seu local de trabalho. Mas as visitas que desejo relatar não foram assim, românticas como eu, literárias como o Amor. Amor, esse mistério que tantas pessoas temem, nunca é demais repetir. Às vezes me pergunto se o meu amado tem medo do meu tanto amor. Na primeira visita, senti-me pequenina que nem o grão de areia da música: "Olhando o céu, viu uma estrela. E imaginou coisas de amor". Vejam como foi:

Meu Deus, não sei o que estou fazendo na sala deste palácio, em plena segunda-feira cheia de compromissos que cancelei. Estou aqui quietinha, lendo revista há quase uma hora. O imperador não veio nem deixou recado. A secretária, sempre disposta a resolver meus problemas, liga para ter notícias, mas o celular está fora de área. Para não passar mais vergonha além das que tenho passado, sinto-me obrigada a mentir, a dizer que não combinamos nada:

– Vim aqui perto, apenas estou dando uma passadinha, posso esperar um pouco.

O rei não aparece. Deixo o que trouxe, com um bilhete bem à vista, como a dizer que nada tenho a esconder nem do que me envergonhar. O rei não tá nem aí para o que faço ou escrevo. O rei não sabe que, via de regra, sou esperada, ao invés de esperar. Depois dessa, nunca mais pisarei naquela sala cheia de secretárias. Não preciso sobreviver de humilhação em humilhação. O rei não saca que há dois anos eu não conhecia esse tipo de sofrimento, que está sendo duro acostumar-me.

O rei não tem a menor idéia do que significa uma foto minha em página nobre do maior jornal do estado, da inveja com que tantas mulheres me olham. Não sabe como sou formadora de opinião, como basta eu defender alguém ou alguma coisa, fazer um comercial, por exemplo, para que centenas de pessoas que tinham posições contrárias acabem concordando comigo.

Se ele pensa que o palácio dele é unanimidade, está muito enganado! Tem muita gente maliciosa, gente neutra porém influenciada por invejosos, que mete a lenha no atendimento, inventa altas estatísticas de desacertos, propala que, exceto a família, que ganha muito dinheiro, ali se ganha uma miséria. Gente falando que, dez anos depois de sua morte, o reino desaparecerá devido à incompetência geral dos príncipes herdeiros.

E eu chorando até soluçar, sempre que ouço coisas desse tipo. E eu achando que esse imperador se dispõe a ser amigo de gente pobre. Imagina! Achando que ele iria ficar feliz com a minha presença, querer me ver, me dizer ao menos uma palavra de agradecimento.

Não adianta. De nada adianta. A cabeça dele vive ocupada com problemas astronômicos, enquanto que a minha vive pensando em sonatas ao luar. Amor? Há! Há! Ele não sabe o que é isso: babaquice de mulher idiota, coisa passageira, coisa de pobre. Sensibilidade zero. Acabou.

A segunda visita foi menos pior. Pelo menos, ele se encontrava lá.

A saudade era um desespero de espinha de peixe arranhando a garganta. Três meses sem nenhum acesso àquele homem a quem amei em criança, a quem amo tanto nestes hojes – antevésperas de nossa morte. Oito meses sem lhe passar um texto poético. Queria escrever sobre uma visita normal, depois de todo esse tempo: trinta minutos no mínimo, com descontração e cafezinho. Mas, a bem da verdade, ela foi a Batalha de Itararé: não aconteceu. Tivemos um diálogo-relâmpago, na base do boa-tarde (sempre educado), estou sem tempo até pra mim (como se algum dia tivesse tido), olha minha mesa (como se alguma vez ela tivesse estado vazia). Irritei-me, engoli em seco. Vejo-o sempre desse jeito, viciado em trabalho: precisa de um bom tratamento, acho.

No fim dos três meses resolvi enfrentar a minha humilhação de rejeitada, diante Daquela-que-Deve-Ter-Lido-o-que-Eu-Queria-que-não-Lesse. E fiz a terceira visita: apareci de surpresa para ver o meu Querido Tudo, saber porque não queria falar comigo. Cheguei, fui recebida com beijinhos pela Moça-que-Deve-Ter-Lido-o-que-Escrevi-Só-para-Ele. Anunciou minha presença, mandou-me esperar. Profissionalmente gentil, como sempre.

Eis que, na sala de espera, entra uma mulher: alta, relativamente jovem, esquisita, nariz horroroso, óculos escuros, mal vestida, mal penteada. Trazia uma carta. Aproxima-se Daquela-que-Deve-Ter-Lido-Meu-Coração, entrega-lhe a carta e pede para encaminhá-la ao meu Querido Tudo. Aquela-que-não-Sei-se-Leu-a-Minha-Infelicidade, e desconhecendo a figura, pegou no envelope, examinou-o. Talvez por não haver remetente, perguntou:

Ele sabe do que se trata?

A mocréia responde, segura e faceira, como senhora do mundo:
– Com certeza!!!

E saiu, do mesmo jeito que entrou: pisando duro, nariz empinado, satisfeita com o recado a ser dado. Visita desagradável. Quem era aquela mulher? O que significava aquele papel? E se fosse uma *love letter*? Minha cabeça girava a mil: a mulher seria a propriamente dita, aquela que eu tanto queria ser? Gosto, ele demonstra ter, mas o amor é lindo, cego, surdo e mudo. Num primeiro momento, pensei: – Dessa eu ganho. Na idade, não. Mas, em todo o resto... Mas o amor é cego, surdo e mudo – convém repetir.

Num segundo momento, caiu a ficha: ela fizera exatamente o que eu tinha feito outras vezes, naquela mesma sala, com aquela mesma pessoa: entregara uma correspondência lacrada, talvez sem remetente, e cascava fora. Minha tristeza era infinita, estava arrasada. Eu tinha passado ali para cercar de bons condicionamentos emocionais uma incômoda e longa tarefa, e dera nisto: deparava com uma ação daquelas, idêntica às que pratiquei. Ação a qual, "com certeza", era muito mais comum do que eu pensava, a essa altura dos acontecimentos. Também "com certeza" o meu amado dizia a ela (e a outras) o mesmo que falava comigo, só faltava ter gravado um CD para não ficar repetindo as mesmas coisas, sempre: "Não, nunca, jamais, já te falei etc. e tal."

Se eu fosse a doida do Candal – a célebre personagem de Camilo Castelo Branco –, teria saído atrás daquela visita, armado um barraco, perguntado o que era aquilo, dizer-lhe que sumisse e partisse para outro. Com certeza eu iria chorar, gritar que amo ele desde que o mundo é mundo. Que só eu tenho o direito de arranjar namoradas para ele, não é qualquer uma que pode ir chegando assim sem mais nem menos e entregar cartinhas. Afinal, doida é doida.

Se a mulher não tivesse culpa no cartório, iria assustar-se, sorrir, pensar que ali estavam exagerando na cota de deficientes mentais graves, que sobrou para ela também. Loucura é assim mesmo. Em compensação, se se tratasse apenas de um inconseqüente assédio, de interesse sem Passado e sem História, "com certeza" ela iria cantar em outra freguesia, dizer em alto e bom tom que não queria saber de loucas barraqueiras. E, reconhecendo que tinha pagado um grande mico, cairia fora. Assim eu ficaria livre de mais uma visitante intrusa.

Nesse ínterim, o Querido Tudo me aparece despretensiosamente abraçado com outra mocréia, novinha e gorda, morena virada loura, outra visita. Apresentações de praxe, ela já estava de saída. Então, lembrei-me do que vi e tive ciúmes, há uns três anos: andei com ele pelas dependências da empresa uma meia-hora e senti bem sentido que ele foi e continua sendo uma ilha, cercado de mulheres por todos os lados. Se é verdade que existe um monte de moça com fome, querendo ter ou segurar emprego – e ele é suficientemente esclarecido para perceber isso

– também é fato que é um Coelhinho de Páscoa lindo e muito amorável. Um bichinho de chocolate, desses que menina adora, que eu queria só pra mim, ao menos pelo tempo de uma Páscoa. Sem blasfêmias, pois respeito a religião alheia.

Antes de fazer a minha visita, a visita das visitas que achava iria acalmar-me para a bendita tarefa a ser cumprida, tive vontade de sumir, sair correndo dali para sempre, maldizer não morar às margens do Atlântico para poder afogar-me no mar e desaparecer da vida. Finalmente, chegou a hora da grande visita. Ele me levou para sua sala. Como sempre, não conseguimos conversar por cinco minutos. Estava apressado mais do que nunca. Novamente, a grande certeza de que não vai ter tempo algum para mim, nem aos cem anos.

Quando percebi que esperara três meses por uma visita que ia durar apenas cinco minutos, desorientei-me. Fui desastrada, falei coisa que não devia ter falado, posso tê-lo ofendido sem querer. Veja só se era hora de cobrar retorno de ligação, de invadir sua privacidade falando de amantes. Na hora do desespero, tudo vale. E aquela placa que odeio, bem na minha frente, como a lembrar-me do que venho ouvindo há quatro anos.

Não adianta, não adianta. Ele não entende o amor, certa vez me disse isso. Não sabe o sofrimento que é nunca ver a pessoa amada. E, o pior: não acredita que eu queira tão somente vê-lo, conversar com ele ainda que à distância, igual às adolescentes com seus ídolos. "Os homens têm sexo na cabeça", disse Luís Fernando Veríssimo. Mesmo quando as mulheres provam o contrário, acrescento. Houve um domingo em que tivemos de nos trancar numa sala para tratar de um discurso. Eu o assediei, insinuei-me, falei algo impróprio? Não. Houve uma madrugada em que ele, sozinho em casa, me ligou para dar uma ótima notícia. Fiz alguma brincadeira de mau gosto, convidei-o para minha casa, para sairmos por aí? Também não. Achando que estava sonhando, chamei-o de "meu amor", na despedida. Apenas.

Porém, de tanto ler o Dalai Lama, ele pensa igual, nele se projeta, não tem tempo nem para si mesmo. E isso ainda vai dar confusão. Olha só o que estou prevendo! Não vai ter tempo para mim, que se contenta com tão pouco mas não consegue nada, absolutamente nada. Nem mesmo visitá-lo e ser visitada. Queria demais que viesse a minha casa, olhasse o pequeno museu que tenho dele, tomasse um café. Às vezes penso que este homem que amo e adoro não existe. Não passa do clone aparente de outro, criado pela minha imaginação com fragmentos selecionados do interior dos melhores homens que conheci. Ele se parece espiritualmente com o Dalai Lama. Só falta andar por aí de roupa vermelha e sandália gasta. Não pensem que sou simpatizante do budismo. Admiro as pessoas que praticam a arte da felicidade no esforço pela perfeição interior. Para tanto, faz-se necessário recalcar o Desejo. Aí discordo, freudianamente.

Chegada a esse ponto, concluí que o meu amor não existia, era produto de minha invenção. Aquele a quem dei vida não passava de um clone, armadura oca sem o ser humano propriamente dito, tal como o cavaleiro inexistente de Ítalo Calvino. Pensei com os meus botões: preciso provar que esse clone não passa de um clone do homem que inventei. E, como todo clone, salvo exceções do tipo Blade Runner, ele é um maquinismo desprovido de sentimentos, que passa por cima de todo o mundo. Age como se fosse um robô: fechado em si mesmo, desconhece o Outro e pode até matá-lo.

Então corri atrás de quem me passasse as piores informações sobre ele, gente que pudesse, com um simples sopro, derrubar o meu castelo de cartas, extirpá-lo para sempre do meu coração. Seria mais uma saída mágica, parecida com as mal-sucedidas forças ocultas. Só que, naqueles casos, eu a caçava com esperança no sobrenatural, esperança de ser correspondida no amor. Agora eu ia de encontro ao natural mesmo, à fofoca teúda e manteúda, num caminho inverso ao anterior. Gostaria de provar a todo custo que o meu amado era um mulherengo de primeira ordem, que vivia a fim de dezenas de mulheres, entre as quais – e por motivos que eu não conseguia enxergar – eu não estava incluída. Provado isso, o meu amor-próprio ferido de morte me faria desamá-lo – foi o que imaginei.

Saco de maldades: atualmente é o que rola como um rio nos salões de beleza, salas de ginástica e espaços ditos culturais – lugares que visito com certa freqüência. Fofocas sobre a vida amorosa dos outros. Já sofri a tentação de, à semelhança de F. Acquarone – autor de um livro chamado *Os Grandes Benfeitores da Humanidade*, que li na infância –, escrever literariamente "As Grandes Fofocas da Humanidade". Não porque julgue a fofoca uma benfeitoria, mas para tentar entender as suas razões – causas e conseqüências – que a própria razão desconhece. No meu tempo de adolescente, tempo dos grandes preconceitos e dos tabus, as maiores fofocas giravam em torno de supostos *gays*. Tinha papa *gay*, lindos artistas de cinema *gays*, mulherengos *gays*. Mais tarde, Délcio Monteiro de Lima fez uma lista corajosa no livro *Os Homoeróticos*.

No meu tempo de criança, a maior fofoca da humanidade era a suspeita de um caso entre Jesus e Madalena, que as alunas cochichavam às escondidas das freiras, nas aulas de Religião, sob o risco de serem expulsas do colégio. Hoje, a fofoca já virou romances até de Prêmio Nobel (Saramago, *O Evangelho Segundo Jesus Cristo*), filmes, peças teatrais. Sinal dos tempos!

Certa vez, meu amado me jurou não haver o menor fundamento num namoro entre ele e uma famosa *socialite*, namoro esse comentado pela cidade inteira durante muitos anos. Mulher casada e lindíssima, que enlouquecia os homens, atacou-o de todas as formas e por todos os meios. Desesperada de paixão, desquitou-se e mudou-se para a Europa, onde se juntou com um marquês. Entre a voz do povo e a do meu amado, eu ficava com a do meu amado. Ele não tinha a menor razão para mentir, passados muitos anos de tão memorável fofoca, a mais pesada do saco de maldades.

Contudo, àquela altura, eu preferia a voz do povo para desencantar-me. Precisava acreditar nas galinhices do meu amado: namorando até as esposas de amigos, recebendo ameaças telefônicas de noivos traídos, enfrentando tapas na cara de namorados de funcionárias assediadas. Eu ficaria exultante até mesmo se alguém me afirmasse, de fonte limpa e fácil de testemunhar, que ele era *gay*. Tornou-se premente para mim achar pessoas que manchassem a sua imagem, que abrissem os meus olhos para esta verdade verdadeira: meu amado não era santo nem demônio. Ele, simplesmente, não prestava em matéria de comportamento sexual-amoroso: queria todas as mulheres do mundo, menos a mim. Estava segura de que apenas esse fato me faria esquecê-lo.

E, já que falei em *socialite*, menciono outra "prova" da mulherenguice do meu amado: um diálogo entre duas damas da nossa sociedade ouvido, no salão de beleza que freqüento, com estes próprios ouvidos que a terra há de comer:

— Pois é, minha filha. Diz que A Empresa se expande a olhos vistos. Comprou uma mansão pra instalar um departamento equipado com máquinas de ponta. O dono — empresário de sucesso e proprietário de empresas de maior sucesso ainda — indicou uma moça despreparada pra tomar conta. Aí, descobriram que ele estava de romance com a própria, e a família obrigou a fechar o negócio.

— O novo ou o velho?

— O velho. Acho que, com o novo, isso não rola.

— É coisa recente?

— Parece que é. O casarão, que foi vendido a eles por uma conhecida minha, tá lá, fechado, praticamente abandonado. Dizem que o neguinho até dormia lá.

— E quem é a tal Fulana?

— Não sei. Não conheço os detalhes. Falam que ele vive aprontando, o pessoal põe panos-quentes e manda as moças embora. Há uns dois anos se envolveu com uma menina de outra empresa. Novinha mesmo. Diz que a menina pagou o maior mico num programa de TV. Foi demitida na semana seguinte.

— Que coisa, hein? Aquele colunista morto entregava ele de bandeja. Dizia em *off* que ele era o maior galinha do *society*. Mais isso... quando era novo, né? Agora... Então, será que não consertou?

— Que nada! Essas coisas não consertam... A primeira-dama não se separa porque rico não separa mesmo, cê sabe.

— E os filhos?

— Estão acostumados com esse tipo de comportamento desde crianças.

— E como fica a madame, nessa história toda?

— Isso eu não sei. Acho que tem muita classe e não costuma armar barraco à toa. Não me contaram como o caso acabou.

— É, mais meninas que fervem nele hoje só querem é grana, *status*, melhorar no emprego. Quando novo, era diferente. Tinha um monte de mulher apaixonada, lembra? Também, era lindo!

— Aí eu não concordo. Ele tem ainda o seu charme, seu jeito de tratar mulher. E muita prática, meu bem! Afinal... faz parte... – E você, amiga, tá aí caladinha, não fala nada... – disse a fofoqueira, dirigindo-se a mim. Retruquei:

— Olha, sabe o que eu acho? Ele é lindo, maravilhoso, um deus, uma inteligência, um sucesso. Não é o meu gênero, não faz a minha cabeça. Mas sei que sempre tem mulher fervendo em cima dele, pelos mais diversos motivos. Até mesmo por interesses financeiros e profissionais. Hoje em dia, quem está com tudo são os homens. As pesquisas científicas se voltaram para eles. Se precisarem... recorrem àqueles remedinhos com até trinta e seis horas de validade, e por aí vai. Por outro lado, até a nossa TRH está sob suspeita! Tá claro que a gente não tem condições de competir. Então, o nosso amigo tem todo o direito às belas jovens que quiser. Burra, mesmo, é a mulher que, nessa altura da situação, não aceita triângulo, descabela-se e vive infeliz. Isso tá escrito na cara de todas elas. Ou, o pior: fingem que não sabem nem vêem... É um problema cultural, biológico, fisiológico...

Esse episódio não me balançou nem um pouco. Veja o leitor o que foi que eu disse quando reclamaram que eu estava caladinha. Tentava justificar tudo o que ele fizesse, tal era minha paixão. Um mês depois, em visita ao mesmo salão, meu amigo Vilmar, enquanto lhe cortavam o cabelo, me falou que o meu amado – sem saber que ele era o meu amado – sempre andou de carrão sem motorista só pra ficar mais fácil pegar mulher.

Dei o troco, perdi o amigo:

— Ele não carece de carro pra isso, tem outras credenciais. Você, sim, é que precisa do carrão que acaba de comprar, pra pegar homem que preste.

E inventei na hora uma oração:

Meu Deus, fazei com que o meu Ursinho amado
Não ande de carro
Desacompanhado.

Não quero morrer por sabê-lo
Seqüestrado,
Maltratado.

Amém.

 Sem que eu ao menos parasse para pensar, de repente meu coração se enveredou pela advocacia de defesa naquelas acusações, bancando o advogado do diabo: e se o caso com a *socialite* não passasse de uma destemperada fofoca de gente invejosa? E se os enfrentamentos com parceiros de mulheres que o cercavam fossem armação de outras mulheres – que atacavam e eram repelidas que nem insetos transmissores de doenças? E se não existisse moça despreparada alguma, nem engenheira, nem dentista, nem advogada, nem quem quer que fosse, na vida do meu amado? E se o colunista lhe tentou dar uma grande facada para publicar notícias das suas empresas, e ele, recusando-se a pagar, escapou da facada mas caiu vítima de uma vingançazinha fofoqueira? E se Vilmar, que não assumia a sua opção sexual, inventou aquela história de carrão só por inveja, desmerecendo as qualidades pessoais atrativas do meu amado, deslocando-as para objetos atraentes que deslumbram as mulheres fúteis?
 Então eu, alguns meses sem ver o meu amado, sem falar com ele nem escrever-lhe, morria de saudades e, por conseqüência, caí doente de amor.

7
Doença de Amor

Se aquele a quem tanto amo fosse um artista, iria acompanhá-lo nas *tournées*, chegaria a seus *shows* no dia anterior para pegar lugar na primeira fila: duas horas de encantamento, choro e gritos histéricos, tal como as mais belas e sentimentais adolescentes. Depois, pagaria gordo suborno aos seguranças para uma visita ao camarim. Se ele fosse ator, não perderia um capítulo da sua novela, estaria quase todas as noites na sua peça. Gravaria tudo em DVD, para assistir dezenas de vezes com otimização de imagens. E se ele fosse político, escritor, cineasta, uma personalidade cultural midiática? Monitoraria todos os seus aparecimentos na televisão, releria com a maior atenção os seus textos, assistiria a seus filmes até me cansar, estaria plugada nas suas entrevistas.

Quem quer que ele fosse, eu iria tatuar seu rosto no meu braço, inscrevendo-o em meu corpo para sempre. Mandaria confeccionar camisetas com sua foto, cobriria as paredes de minha casa com seus *posters*. Mas, não sendo ele pessoa famosa, eu não tinha como exibi-lo, tornar-me sua vitrina: como justificar sua tatuagem em mim, sua cara em minha roupa, suas fotos enfeitando meu apartamento, eu, na casa dos cinqüenta, risível, para que todos vissem? Vontade, até que eu tinha. Sintoma de uma doença. Doença de amor.

Do jeito que é, não tem jeito. Desejo vê-lo muito, saber que está vivo, ouvir a sua voz, sentir a sua respiração. Não tenho como. A menos que eu faça o papel de desequilibrada, de doida do Candal. Ficar escondida dentro de um carro, numa praça, de madrugada. Sentar-me nas escadas do coreto de outra praça, com binóculo, nas tardes de domingo. Correr atrás do Diretor Administrativo da empresa, para alugar uma das lojas, cobrindo as multas de rescisão contratual de quem a ocupa. Até que dinheiro para isso, tenho. Em último caso, pedir ao dono do *Grande Diário* um posto de colunista social, para poder comparecer, sem constrangimentos, às festas das nossas celebridades.

Na impossibilidade da presença do meu amado, às vezes me contento em ter próximo a mim o seu DNA. Imagina! Na festa de casamento, encarei, pelo espelho, o filho que não liga o meu nome à minha pessoa. Se ele percebesse que o olhava, iria pensar: "– Essa mulher não se manca. Do lado desse milionário, ainda fica de olho em homens mais jovens e acompanhados". Mal sabe ele que só queria apreciar a cópia biológica do outro que muito adoro, evocá-lo naquele momento.

No programa de televisão, plantei-me todo o tempo na fresta do cenário olhando a filha, sem ser vista. O meu depoimento entraria depois, o iluminador não conseguia entender o que eu estava fazendo ali. Porque não veria o programa em casa, nas várias repetições? E até em fila dupla já parei, com gente buzinando, para assistir o irmão falando ao celular. A loucura faz falta a quem nada contra a maré, em um mar de peixes espinhentos e algas que queimam a pele. Nesses momentos fugazes, de captar pelos olhos e ouvidos o seu DNA, não é a Loucura, mas o Amor que me visita.

O sintoma da doença de amor é a lágrima. O doente não sabe expressar o que sente, não localiza dores. O compositor Schubert pergunta, no *Elogio das Lágrimas*: "– O que são as palavras? Uma lágrima diz muito mais". A situação-limite do doente de amor é a morte por amor: o suicídio. Vimos Romeu e Julieta. Na vida real, em pleno século XXI, ainda tem gente que, por amor, mata o outro e depois se mata.

Símbolo do amor-doença é o alemão Werther, ao ver perdidas todas as suas esperanças de obter Carlota. Amor-doença e loucura. O romance de 1776 provocou uma série de suicídios na Alemanha. Jovens que, segundo os doentes de amor, se suicidaram pelo peso do sentimento contrariado; segundo os médicos, tirariam a própria vida em algum momento, independentemente do romance. Antes de se matar, Werther beija apaixonadamente as armas que Carlota havia tocado. Caminha para o túmulo como se fosse ao encontro da amada, que ficava viva e com outro.

A Helena de Machado de Assis sai na chuva, pega uma pneumonia e morre, após um desgosto amoroso. Rubião, outro personagem machadiano, morre louco, também perambulando na chuva em companhia do cachorro Quincas Borba. Louco por Sofia, mulher do maior amigo, depois de ela ter gasto toda a fortuna de Borba.

Amanhã estou indo entregar exames de rotina. Adianto o assunto: o médico (coberto de razões) vai suspender minha TRH. Vi na Internet que os cientistas não sabem o que pode acontecer depois da suspensão, quando a terapia foi por vários anos. Isso porque pertenço à geração das primeiras mulheres que levaram a sério a então "nova" TRH.

O que pode acontecer – já que é para prevenir câncer – penso: caduquice, calores, feiúra, excesso de pelancas, desânimo, obesidade, surdez, osteoporose, infarto, baixo rendimento em tudo, depressão, em resumo: afinal, se for isso e mais alguma coisa, preciso estar preparada. Se desamor estiver incluído, vai valer a pena. Deve trazer felicidade a certeza de que se vai parar de amar para sempre. Quem sabe paixão romântica e platônica, nessa altura do campeonato, pode ser efeito colateral, até então desconhecido?

Minha doença me fez disparar a escrever poemas relativos ao assunto e publicá-los no jornal que o meu amado me disse ler diariamente. Conforme já falei, ganhei um concurso nacional de poemas de amor inéditos. Leu os poemas e o respectivo diploma. Nenhuma reação ele teve. Escrevi outros poemas e lhe mostrei. Novamente, reação alguma. Parti, finalmente, para escrever novos poemas em que me revelava doente de amor e publicá-los num jornal de grande circulação. Foram os que se seguem.

Pronto-Socorro

Doente de amor
De cama caí.
Para não morrer de dor
À infância
Regredi.
Comprei um carrinho-ambulância
Nele escrevi
Em letra-mirim
Com giz de cor:
Salva Cor
Salva Mim.

Band-Aid

Em meio a caixas
e mais caixas
de *band-aid*,
muito-muitíssimo
sempríssimo-sempre,
amo.

Numa asinha trêmula
de suave-suavinho
beija-flor,
beijo-à-flor.

Remédio-Amigo, à Moda de uma Lira de Gonzaga

Três horas
Da madrugada.
Ligo ligeiro
Para o amigo.
Coitado!
Ministrou

O dia inteiro
Está cansado!

Então eu digo:
– Desculpe a hora
Preciso agora
de um comprimido.

– Te espero aqui.
Nada irei
Te receitar.

No meu carro fomos
Nós dois calados
Neste meu barco
Do desamor
Parar na frente
Da bela casa
Do meu amor.

E lá pergunto
Preocupada:
– E se alguém
Aqui passar
Vai acreditar
No meu penar?

O jornal vai
Noticiar
Que o sujeito
E a literata
Foram flagrados
Em um malfeito.

– Vamos embora.
Só de estar perto
Vou melhorar.

Muito obrigada
Tudo deu certo.

Vírus

ILOVEYOU apagou vários arquivos. Espalhou-se pelo escritório, pela biblioteca, e foi alojar-se bem no fundo do coração. Prejuízos incalculáveis.

Os Antropófagos

Debrucei-me no caixão.
A lágrima molhou
A testa do vivo-morto.

Encarei com horror
um a um
os antropófagos.

Em ritual macabro
um dia, como cobras
comerão os próprios filhos.

Coração Ferido

Sobrevivo
sem curativo
no coração ferido
de amor incontido

do Egito
ao Infinito.

O leitor nem precisa adivinhar que, mais uma vez, perdi meu tempo e gastei meu latim. Acabei sofrendo um peripaque, fui parar no hospital, onde fiquei dois dias em observação. Os médicos não conseguiam descobrir o que eu tinha. Afinal, nos protocolos ainda não existe uma patologia chamada amorragia – nome que inventei, por falta de melhor, para a minha doença. Para preencher a ociosidade daqueles dois dias, com o entra-e-sai de médicos e enfermeiras no meu quarto e o ruído das sirenas de ambulâncias, escrevi um texto e lhe mandei. Era uma espécie de conto, ambientado parcialmente naquele local de alegrias – pela esperança da cura – e de tristezas – pelo veredito da morte.

Relembro a quem me lê que eu já tinha lançado mão de um tudo para ganhar o amor do meu amado: desde o simples papo de aranha até às ridículas ações esotéricas. Na condição de literata, já tinha exercido todo tipo de escrita, que fora veiculada das mais diversas formas para chegar a seu coração, fazê-lo me amar pela força da arte da escrita. A pressão literária crescente, rememorando, avançou mais ou menos assim, não nesta ordem: mandei-lhe bilhetes e cartas, por correio eletrônico e correio comum; enviei textos em prosa inéditos, poemas inéditos premiados, poemas publicados; li, em sua presença, uma comunicação em evento. Agora, ele iria receber um conto curto – talvez o último texto que eu escreveria na vida: me sentia jazendo no leito de morte.

TUDO IGUAL

Manhã

Os médicos americanos não vêm o Congresso vai ser adiado dois morreram de madrugada o estoque de vacinas está acabando paciência mais quatro entraram na Justiça não tem táxi na porta por causa da greve a coluna doendo dormi errado a Fiscalização quer falar comigo lá vem rabo o convênio não quer pagar paciência duas ambulâncias foram para a oficina vários telefones ficaram mudos um acompanhante reclama da comida o Dr. Aniceto discutiu feio com a noiva em plena cirurgia a sirigaita da enfermeira recebeu uma carta com pó branco os uniformes ainda não chegaram e esse empréstimo que não sai meu Deus como dói a economia de luz está baixa paciência vou tomar um antiinflamatório.

Essa empregada não sabe dar recado, quem ligou não foi o rei de

Portugal mas Henrique Portugal vão entregar daqui a pouco a monografia e não a mamografia saudade o Servidor está fora do ar como vou entrar no *site* de Harvard o jornal quer o artigo para ontem a manicure desmarcou o horário saudade olha a onda contra a dengue a janela está fechada o Ministro insiste na minha presença a passagem já devia ter chegado a livraria informa que o livro está esgotado a jornalista quer entrevistar pessoalmente estou com sessenta quilos e faminta calor saudade suando em bicas a homeopatia não funciona o governador manda perguntar se aceito entrar na comissão do centenário do José Carlos, ainda não comecei a escrever a conferência de São Paulo.

Tarde

O lucro foi bom os funcionários admitidos na semana passada são ótimos está chovendo a mulher apaixonada sumiu graças a Deus ganhamos mais um prêmio importante estou feliz feliz a coluna dói tenho fisioterapia hoje e vai melhorar a moça que faz é um colírio meu netinho me deu uma alegria nenhuma reclamação até agora posso atender a dois pedidos de emprego a reportagem ficou bonita valoriza-se bem a Empresa...

O patrocinador pagou posso encomendar novas estantes a coluna trouxe uma foto lindo o meu amor se eu fosse tão bela quanto a Vera Fischer não ia ter meu pé me dói apesar do pó ia lutar e vencer tenho certeza em sonhos sou a Vera trilhonária casada com o Bill Gates para comprar esta empresa e mandar para ele, inteirinha só para ele embrulhada pra presente em papel dourado comprar a liberdade dele abrindo as asas sobre nós...

Noite

Não há palavras, não há diálogo nem o que dizer. O livro, a visita, a noite, a cama, – Agora vou para o meu quarto –, a insônia, a MANHÃ de um outro mesmo dia.

Há muitas e mudas palavras, diálogos imaginários. O vídeo, o álbum, a noite, a cama – Agora você vai embora – as lágrimas, a MANHÃ de um outro mesmo dia.

Quarenta e oito horas depois da internação, saí do hospital sem diagnóstico e sem a menor manifestação do meu amado sobre esse conto. Todos os exames deram negativo. Somente eu sabia que minha doença se chamava amorragia, cuja tendência era agravar-se. Foi então que, doente de amor, tive uma brilhante idéia: escrever um resumo da minha história, um minirromance a serviço da catarse. A intenção era tentar curar-me pela densidade e cronologia da escrita, pôr no papel as minhas agruras e desesperanças, numa narrativa com princípio, meio e fim, memórias superpondo autobiografia e diário. Um texto difuso e confuso, desconcertante, para não morrer de amor. Afinal, na Literatura há muitas obras com essa estrutura. Eu queria mesmo era um romance dentro do romance.

Neste segundo romance, digamos assim, tentei sumarizar a história que estou contando no primeiro romance. Porém, enxertando dados e episódios novos, para não aborrecer o leitor com o repetitivo e o detalhismo desinteressante. Tive a pretensão de ser a versão feminina do João Valério, o protagonista do romance *Caetés*, de Graciliano Ramos. Com uma diferença: Valério vai narrando sua história pessoal de personagem enquanto escreve o seu romance. O assunto deste é outro, mas Valério se aproveita de elementos do assunto da sua história para inseri-los no seu romance. No meu caso, a minha história e o meu romance trabalham o mesmo assunto.

Reconheço que é uma inovação na forma romanesca e, como toda inovação, uma faca de dois gumes. Como se o leitor lesse um romance e, nas últimas páginas, o seu resumo alinhavado, que pode conter fatos que não compareçam no romance propriamente dito. Estou convencida de que, neste início de século, se não mais sabemos o que é Literatura, muito menos sabemos sobre técnicas literárias. Não é que o Carlos Heitor Cony termina um de seus últimos romances – *A Tarde da sua Ausência* – repetindo, *ipsis litteris*, capítulos do mesmo romance? Que teve gente que escreveu para a Editora reclamando que o seu exemplar estava com defeito? E olha que o Carlos Heitor não é qualquer um, não é desses escritores que a gente encontra por aí que só vende livro nos lançamentos...

Então, misturei Graciliano e Cony e pretendo acabar o meu romance com um resumo do mesmo. Via de regra os romancistas têm o hábito de inserir minirresumos de sua narrativa no decorrer dela mesma, como se o leitor fosse um sujeito distraído, sob risco de ser atacado pelo mal de Alzheimer. Boa parte dos literatos, mais do que pós-modernos, estão pondo o pé no século XXI convencidos de que qualquer escrito é Literatura. Ainda não atingi esse nirvana, minha pretensão é bem mais modesta: subverter algumas técnicas de narração como, por exemplo, optar pelo resumo quase no final. No resumo o leitor encontrará, também, um pré-desfecho do meu amor literário não realizado. E, para fechar com chave de ouro o meu romance, acrescento mais um capítulo, cujas coordenadas não adiantarei agora.

Ah! Estava esquecendo-me de dizer que, no auge da minha doença, ainda no hospital, tive um dos mais belos sonhos de toda a minha vida: acabava de ser coroada Miss Universo. O filho do meu amado se apaixonou por mim, pediu-me em casamento. Fui sincera, falei que amava a outra pessoa. Ele insistiu assim mesmo, lembrando que o amor é um perpétuo aprendizado, que eu poderia ser excelente aluna e, no futuro, aprovada com nota dez. Então aceitei o pedido, sob uma condição: morarmos com seu pai. E assim aconteceu. É evidente que não formamos um triângulo amoroso, jamais faria uma coisa dessas, nem mesmo em sonhos. Freud que me perdoe.

Entretanto, no sonho minha vida de casada era o paraíso: todas as manhãs passava a sós com meu amado – conversando, lendo e ouvindo música clássica num imenso e florido jardim, o próprio Éden. Em êxtase diante dos encantos da natureza, do canto dos pássaros, do ruído da cascata, da fragilidade das borboletas – panos-de-fundo para as primaveras de Vivaldi, Stravinski e outros. Nossas intimidades se resumiam nesses inocentes e puros prazeres, curtidos a dois. Nenhuma palavra dúbia, nenhum olhar comprometedor, nenhum toque casual de corpos.

Nessas manhãs, o meu mais feliz, não menos inocente e puro marido administrava do escritório seus negócios internacionais. Feliz também porque seu idolatrado pai, nas agruras da velhice cansativa, tinha a mais bela mulher do mundo – mulher cujo coração aquele filho desconhecia – a fazer-lhe companhia em manhãs douradas de sol, coloridas de flores e onduladas de borboletas.

 Acordei com um lindo e jovem médico à beira da cama, me dando alta.

8

O Romance de Lutécia

As pessoas apaixonadas ficam burras, por mais inteligentes que sejam. Quando eu ligava, religava e não havia retorno, acreditei piamente nas justificativas: falta de tempo, excesso de problemas. Um ano e três meses assim, mas só agora caí na real. "É o tempo que você perde com alguém que faz esse alguém importante", falou quem pode, ou seja, o pequeno príncipe. A bem da verdade, não liga porque não quer, porque tem medo de eu pensar que está me iludindo, tem uma pessoa (feliz pessoa!) etc. e tal. Também já cansei de dizer que me enxergo, que não espero nada, que sou analisada e dou conta de mim sem ilusões. Todas as vezes que liguei, tinha outro motivo além da simples vontade de conversar.

Duas das vezes: a primeira foi quando a TNT ia lançar em rede mundial o filme *O Julgamento de Nüremberg*, sobre crimes hediondos da Segunda Guerra Mundial. Ficaram sabendo, através de um colega que estuda em Santa Monica e acessa o jornal *São Paulo*, que eu tinha acabado de ler a biografia do nazista Albert Speer, braço direito de Hitler. Me encomendaram um texto, para ser veiculado pela internet. Seria ótimo se o escrevesse comigo: sabe inglês, poderia abordar aspectos científicos, e eu os discursivos. Tentei inutilmente um contato. Passou o prazo e acabei não escrevendo nada.

A segunda vez: um professor da Universidade de São Petersburgo, que adota textos meus, me pediu, há quinze dias, um artigo sobre o *Crime e Castigo*, para traduzi-lo para o russo e publicar lá, em comemoração da nova tradução brasileira. Por isso liguei há doze dias, e nada. Para perguntar se queria escrevê-lo comigo, uma vez que fiquei impressionada com sua avaliação sobre *A Arte da Felicidade*. Até parece que pediu ajuda a algum especialista em Literatura! Acabei perdendo o interesse pelo artigo, parei de ler o romance dostoievskiano na p. 230 e não tenho planos de retomá-lo tão cedo. Esses dois exemplos mostram que tive a pretensão de propor algo relacionado a livros – um novo lazer em meio aos galhos que tem de quebrar, dia e noite.

Existe um monte de coisas para dizer, esclarecer etc. O ideal seria falar pessoalmente, mas o jeito é escrever porque o acesso sempre foi muito difícil, além de entremeado de telefonemas a atender e secretárias com quem despachar. Disse que eu podia ligar e ir à empresa quando quisesse, mas não estou mais a fim de ser atendida por diferentes mocinhas que sempre me perguntam as mesmas coisas. A última, não satisfeita em me pedir o DDD quando eu disse de onde era, ainda perguntou de qual empresa. Respondi que era amiga, ela escreveu e repetiu "amiga". Uma humilhação! No meio século da existência, não preciso passar por isso e não vou ligar mais. Se não tem um número direto para me dar, fazer o quê?

Vamos ao monte de coisas:

Lembro que nunca pedi nada. Minto. Pedi, através de um texto literário, ter cuidado com a própria vida. E sei que não estou sendo atendida. Quando pedia para ligar ou para visitar a empresa, longe de mim a idéia de desestabilizar compromissos. Não gostaria de parecer insistente. Só queria que pensasse mais ou menos assim:

"Vivo numa roda-viva de ocupações e preocupações, mas, com alguma freqüência, quer aparecer por aqui uma mulher que me ama e me adora. Ao contrário da quase totalidade das pessoas que entram por aquela porta, ou que me cercam, essa mulher não precisa nem depende de mim para nada. Não vem reclamar nem vender nem pedir nada – nem emprego para quem quer que seja, nada que meus empreendimentos oferecem – porque disso ela não precisa. Não vem trazer problemas.

Também não pretende fazer cobranças, nem se intrometer na minha vida, nem botar defeito nos meus negócios, nem dar palpites onde não é chamada. Ela não depende de mim nem eu dependo dela. Tratamo-nos de igual para igual. Quer tão somente conversar sobre assuntos comuns, com destaque para a Literatura, me proporcionando uma hora de *relax* no meu trabalhoso cotidiano. Traz escritos, me fala de amor e me dá carinho, sem querer que isso me pese nem me complique. Uma mulher que me aceita como sou, com quem eu posso contar em quaisquer circunstâncias. Uma amiga que pode dispor de sua liberdade em toda a plenitude, que nada tem a ganhar nem a perder".

Entretanto, não é o que está acontecendo. Nada do que fiz, falei ou escrevi conseguiu comover. Notei, também, que, com o passar do tempo, até a minha literatura se banalizou. Fiquei triste quando pedi para ir levar uma carta que escrevi no Dia das Mães – dia que já passou há quase dois meses – e nada de resposta! A carta foi incluída no roteiro de um filme. Acho que poucos homens no mundo foram motivação para um texto dessa natureza.

Começo recuperando algumas coisas da minha vida, por contar certos fatos, me fazer mais conhecida por quem tão pouco me conhece. A alguns deles já me referi por alto, em outras ocasiões. Mas é sempre bom repetir.

Há muitos anos, perguntei sem mais nem menos, à queima-roupa:
– Você namorou a menina da casa amarela?

Espantado, respondeu que sim e ficou por isso mesmo. Era a certeza de que eu precisava. Aquele namorado da minha contemporânea – bonitinho e tímido, de quem eu guardava tênue idéia – tinha sido o meu primeiro amor de menina-adolescente. Quem me lembrou, à época em que perguntei? A freira que tomava conta de nossas vidas. A menina contava histórias do namorado, de dar inveja às mais novas, cujos pais proibiam de namorar, eu entre elas. Procurei a freira para dizer que estava apaixonada por aquele rapaz e não sabia o que fazer. A mestra-de-classe foi taxativa:

— Pode desistir. Ele não vai namorar criança.

As cambalhotas do mundo: naquela época, eu era criança para aquele homem. Hoje... Foi então que falei que queria ser freira. Mas a história vazou, contada ao moço pela irmã da menina. Fiquei com muita vergonha e, para consertar o desconserto, dei uma de orgulhosa: fui namorar escondido dos pais, no portão da casa em frente.

O tempo passou. Um dia, minha mãe chega de Viena com o velho mestre que, segundo ela, gostava de arranjar casamentos, e me relata a seguinte conversa:

— O doutor me falou que tenho belas filhas e que ele conhece um encanto de moço da Escola, para namorar a minha filha mais velha. Ele tem namorada, mas dá-se um jeito.

Disse o nome do moço. Limitei-me a sorrir. Naquela época eu vivia a experiência de estrela dos palcos, rodeada de pretendentes. O candidato do doutor já se tinha perdido no tempo...

Anos depois, nova interferência de minha mãe. Isso já contei antes, detalhei. Não vou repetir. Na seqüência, veio o meu marido muito amado e idolatrado. Estranhas coisas aconteciam e eu achava graça. Certa vez cheguei em casa com um papel escrito *Os Sentidos da Paixão*, mais os nomes de alguns capítulos do livro. Deixei ao lado do telefone, junto com uma receita, para não me esquecer de pedir à farmácia e à livraria. Era um hábito empilhar anotações naquela mesinha. O cidadão viu lá, relacionando os dois papéis que não se relacionavam e perguntou, bravo, desde quando indicar tal tipo de livro era função de tal tipo de especialista. Respondi a verdade: nada mais natural, não era a primeira vez e a mesma coisa costumava ser feita para um monte de gente. Cheguei a dar o nome de uma colega e amiga nossa. Imagina que o maridão foi conferir, como quem não quer nada. A amiga, feminista, achou aquele ciúme tão estapafúrdio (e me julgou tão capacho), que acabou aumentando suspeitas ao recusar-se a comentar com ele o assunto.

E continuaram os ciúmes. Sempre que me via lendo com interesse algum livro não relacionado diretamente à nossa profissão, me perguntava "de brincadeira" se era idéia do "psiquiatra-psicanalista de meia-tijela". Jamais controlou minha vida, para nada, mas costumava perguntar sobre minhas súbitas dores de cabeça, consultas etc. Eu levava tudo numa boa, achando que todos os homens têm os mesmos grilos relativos ao profissional de saúde, quando ele é gato. Minha reserva não permitia saber das amigas se acontecia o mesmo com elas. E o meu marido ainda tinha um neto imaturo, que lhe dizia querer abraçar tal profissão, chamando-a de "profissão da felicidade"... Para o garoto, felicidade era atender a mulheres deitadas em divã, falando sobre sexo!

Quando nos cumprimentamos, na pista de *cooper*, meu marido perguntou quem era. Diante da resposta, segurou minha mão e disse:

— Só podia ser, porque você está tremendo.

Do fundo do coração, retruquei:

— Que bobagem!

Quando, recentemente, gastei uma sessão para analisar o episódio, me foi dito que, com certeza, eu passava para o companheiro – inconscientemente, é claro – um tipo de sentimento que lhe gerava insegurança.

Somente no Egito, mágico país, vi que não era bobagem. Não creio em absolutamente nada sobrenatural, embora me tenha submetido à tentação. No dia em que encarei os olhos milenares da Esfinge, que ouvi seu veredito, fiquei perplexa. Não contei o primeiro pensamento, ao acordar na manhã seguinte: – Amo ele. Acabo de ter plena consciência disso. Era o que mais temia. E agora?

Foi um choque que procurei recalcar, daí em diante.

Meu marido morreu. Preciso falar sobre isso. Convivíamos muito bem com ambas as nossas famílias, tanto em particular quanto em público. Não deixou testamento. Uma decepção: dois dias antes da morte, sem me dizer, mandou o irmão a bancos abrir conta e transferir para ela significativos valores em investimentos. Não entendi o objetivo nem quero entender. Sempre tive acesso não só a todos os extratos bancários como também às senhas, e jamais mexi nem mexeria em coisa alguma. Ele tinha certeza absoluta disso.

Não reivindiquei nada, apesar de saber que meus direitos eram líquidos e certos. Houve controvérsias, entre juristas amigos e parentes, quanto a minha decisão. Tive o apoio de minha família: nunca precisei do dinheiro dele, tenho uma pequena empresa, que dá para viver do jeito que sempre vivi. Nossa relação nunca passou por grana. A diferença de idade era grande. Se entrasse na briga, minha imagem poderia ficar arranhada como tendo dado o golpe do baú. Não me arrependo do decidido. Três dias depois da morte, a família dele já estava brigando por herança, a briga continua e parece que continuará para sempre. Felizmente pulei fora. Só lamento que um dos mais importantes acervos de quadros de pintores brasileiros tenha desaparecido misteriosamente.

O fato de eu não querer filho. Agora vou dizer porquê, em primeira mão. Os pais e avós dele eram primos em primeiro grau. Casavam com parentes para manter terras na família – sesmaria concedida pelo rei ao patriarca bandeirante. Meu marido acabou tendo três irmãos loucos. Um morreu no hospício, outro não falava e o terceiro passava por primo. Como se não bastasse, seu último filho é portador de necessidades especiais. Simplesmente, eu não quis arriscar. Acabou o mistério de Lutécia. Não carece ter pena de mim. O amor foi mais importante do que o instinto de maternidade e nunca me arrependi.

Continuando: seguiram-se telefonemas e famigeradas visitas a meu amado. Quando escrevi o primeiro texto de amor, o que eu sabia sobre a sua vida? Praticamente nada. Sobre a sua sexualidade? Aquilo que se dizia pelos quatro cantos: um perigo para as mulheres, vários relacionamentos. Que o bispo Seráfico não gostava dele porque ele não mandava nada para o bispo. E mais: eu me perguntava como um homem da sua profissão, gabarito e idade podia dar tanta conta. Uma fofoqueira do *society* me veio com explicações:

– Forma uma dupla com o famoso coleguinha do Rio, Presidente da Sociedade Planetária de Psicanálise: ambos têm implante e medicamentos correlatos, tratam-se com o mesmo médico. A preferência é por "menininhas", mas, caiu na rede, é peixe.

Crédula como sou, entrei no clima, pensando que podia sobrar para mim o papel de mãe da Sereia. Afinal, estava acostumada a ser tratada como objeto.

Os desdobramentos do primeiro texto de amor, também já narrei. A amiga dizendo que o meu amado pegava tudo quanto é mulher e que ia me ligar logo, propondo motel; a decepção diante de possível comportamento tão grosseiro e, por conseqüência, o meu telefonema dizendo que tudo já estava resolvido. E, a grande surpresa, reversão de expectativa: fui tratada como Sujeito. O resultado imediato foi que me apaixonei perdidamente, me desnorteei numa errada e voltei para o divã do qual já tinha tido alta no final dos anos 70.

Agora, outro psicanalista entrava em cena mais para atrapalhar do que ajudar, tenho de reconhecer. Mostrou-me que aquele primeiro texto nada mais foi do que uma tentativa desesperada de segurar, pela escrita, o antigo amor recalcado. Ou seja: era cômodo e menos sofrido creditar tudo ao Desejo que, quando satisfeito, desaparece. Fui a primeira a descobrir que, se era um sentimento de amor, eu estaria na pior porque o amigo iria querer mesmo só um motel, no máximo dois.

O psicanalista, então, cometeu um erro: perguntou qual homem da minha geração a quem eu declarasse amor não iria envolver-se. Ainda mais havendo toda uma história pregressa. Me idealizava. Me passava a convicção de que o meu amado estava envolvendo-se de alguma forma. A observação me levou a um comportamento – talvez narcísico – de discreto assédio. Discreto, se comparado com aquilo que as mulheres modernosas aprontam, e de quem o meu amado já deve ter sido vítima. Deus me livrasse.

À medida que o tempo passava, me chegavam outras informações, contrárias àquelas que eu conhecia: de pessoas da minha família, de parentes do meu amado, de um amigo em comum e digno da maior credibilidade e da esposa deste. Paralelamente, o comportamento do meu amado caminhava no mesmo sentido daquelas últimas informações, me fazendo mudar de perspectiva. Quando me contou os casos com a deusa e com a vizinha, pensei:

– Se não quis essas ninfas maravilhosas, vai lá me querer?

Tomei os relatos como se fossem mensagens. Outros fatos mensageiros se sucederam. Indaguei dele:

— Viu a bela profissional na tv? Quem teria condições de concorrer com uma mulher daquelas?

— Não vi nem interessa. As mais belas que conheço são as minhas filhas.

Não sabíamos que se tratava de uma conhecida (ou amiga). Estava na sua última festa.

— Se fosse muçulmano, podendo casar com quatro mulheres, eu teria chance?

— Existe uma cultura da qual não podemos escapar. Nunca me casaria com mais de uma mulher.

— Por que você não pode ter, digamos, três relacionamentos?

— Porque isso assim não dá certo.

Em seguida vieram um rejeitado abraço de Boas-Festas, um belo poema premiado e esquecido, outros baldinhos de gelo.

O analista continuava equivocando-se, ao interpretar suas atitudes como fuga de uma situação inesperada, ameaçadora, que se deseja e ao mesmo tempo se nega. Coitado! Não admite que até o Freud pode errar! Sua segurança é impressionante. Aliada ao clone do Freud, entrou em cena uma ciganinha no Parque. Me pediu para ler a sorte. Da primeira vez, falou que o meu amado iria me amar daqui a dez ou vinte anos. Paguei caro pela profecia e passei uns meses nela acreditando. Nós, bem velhinhos, dizendo, *night and day*, tal como os personagens de *O Amor nos Tempos do Cólera*: — Te amo, te amo. Veja a que ponto cheguei: acreditar na adivinhação de uma mocinha subnutrida e analfabeta. Imagina que voltei lá recentemente, reencontrei-a. Estiquei adiantados dez reais. Ela me reconheceu. Diante daquela riqueza, disse que já podia comprar uma passagem de volta para o interior. Afirmou segura, olhando a palma da minha mão:

— Ele quase te ama. Não fica triste porque dez ou vinte anos passa rápido.

Belo "quase". Enganador o verbo erradamente no singular, como se a concordância tivesse sido feita com "um ano", reforçando a idéia de que o tempo voa. Acho que, só por conta dos vinte reais de antes, ela guardou o que me dissera da primeira vez. Garota esperta, que já sabe como ganhar a vida.

Somei todas as rejeições e deixei de querer o meu amado na minha cama. Pela primeira vez na minha história senti-me sistematicamente rejeitada e descobri também que jamais iria para a cama com alguém por iniciativa minha, ou com quem eu quis primeiro. Também, pela primeira vez em adulta, amo a uma pessoa sem pensar em cama e acho isso tão exótico e sem volta quanto aquele quase da menina cigana.

— Ao dobrar o cabo da Boa Esperança, no geral o amor não passa pela genitalidade — disse-me um sábio ex-presidente da Sociedade Planetária de Psicanálise. E porque não está passando por aí, o amor se intensifica, amadurece. Cresceu também porque a realidade — aquela figura do cara empencado de mulheres que eu rejeitava para amar — se transformou numa outra realidade — um cara que não tem nem mais nem menos mulheres do que o comum dos mortais, meu ideal de amor.

O amor é tanto que, preocupada com um bom desempenho, iria me dar mal. Principalmente pelo defeito de fabricação que me impõe algumas poucas limitações, apesar da certeza de minha cama ser melhor do que a da maioria das mulheres. Pelo menos era o que me dizia o meu marido. Sobre as conseqüências do defeitinho, sempre menti para o médico, arriscando-me a estar com patologias mais sérias quando dizia que não sentia dores, sentindo. A bem da verdade, não queria que soubesse que uma mulher saudável e culta, de cara e corpo bonito, além de não querer filho ainda era dolorida. Só recentemente fiquei sabendo dos detalhes porque o especialista me explicou tudo direitinho, com desenhos. Além de tudo, não vou querer que o meu amado veja hoje, estragado pelos anos, o corpo que admirava bonito ontem, de biquíni dourado, na piscina do clube. Não. Nunca.

Por outro lado, as frustrações por conta daquilo que jamais vou ter: ir ao cinema, jantar em restaurante; andar pelo *shopping*, dançar em festa. Beijo na boca... nem pensar! Me visitar? Só no dia em que eu estiver morrendo. A propósito, quero morrer sonhando um passeio nosso em Paris. Deus não dá asa a cobra. Gente indo para a França deixando gente aqui, e eu chorando em Paris com saudades de gente que aqui ficou.

Pensamentos que consolam: se tivéssemos ficado juntos pela vida afora, acho que eu não seria agüentada durante muito tempo. Talvez lhe fosse insuportável uma mulher que mexe com neuróticos, livros e escritos o dia todo, cuja roupa preferida é *jeans*, camiseta e saia curta, que não sabe fazer ao menos um café, não gosta de comida refinada, adora os silêncios interiores, ouve música altíssimo, tem de viajar a serviço em companhias masculinas que cantam direto e, principalmente, uma companheira que não deixou o modo de ser infantil em muitas coisas. Modo que os colegas de profissão acham maravilhoso, invejável, privilégio de poucas pessoas, e que, em algumas situações, considero o supra-sumo do ridículo, sem conseguir transformar-me. Tanto "meu amor" pra cá e tanta carícia pra lá, certamente causariam enjôo. E a monotonia: nada de discussões, brigas, desentendimentos. Se o meu amado estivesse a fim de tal ou qual mulher, teria a maior liberdade de sair com ela. Preferível a ficar fingindo, escondendo, mentindo. Fui assim, serei assim.

Você está sentado? Então, ouça esta: quando vejo uma menina lindinha, penso que o meu amado iria se engraçar com ela. Se hoje fosse meu marido, eu ia intermediar, tirar meu time num fim de semana e deixar os dois sozinhos. Por amor e sem sofrer, porque aceito sem remédio que o meu tempo já passou. Reitero: a Ciência tem beneficiado mais os homens do que a nós.

Atualmente, vivo conformada. Uma mulher igual às outras, que não está sozinha. Que tem o seu trabalho na própria empresa, seus livros, seus amigos, suas diversões, seu estilo de ingênua. Senhora do próprio nariz. Amando a um homem como ele nunca foi nem será amado. Uma caixa-preta que não consegui decodificar. Quando a saudade bate forte, passo os vídeos, ouço as fitas e o CD, converso com as fotos, releio passagens dos livros-presente. Sobre estes não falei, para não sobrecarregar este romance de mais livros, transformando-o numa sala de leitura. E pego o "banco de lembranças" – um envelope de plástico azulado, do Banco Brasileiro:

* O papel de presente em que estava embrulhado o último livro. (O do primeiro foi rasgado, pois eu não sabia quem tinha mandado o pacote).

* O lenço de papel com que limpei o dedo que tirou a mancha de batom do beijo no rosto.

* O guardanapo de papel que envolvia o copo em que tomava uísque, na hora da foto numa recepção.

* A moedinha de cinco centavos com que brincava durante uma conversa – único dinheiro que roubei na vida.

* A corrente de clipes emendados (que até pensei banhar de prata, colocar um fecho e transformar em pulseira).

* O fio que se soltou da bandagem de pôr gelo no pé.

Os livros – estão numa prateleira de honra. A pequena agenda com a foto colada – dormindo debaixo do travesseiro. É praticamente tudo o que tenho de quem amo e adoro. O meu tesouro.

Não creio em vida depois da vida, mas na vida antes da vida. É possível que nós dois sejamos a divisão do ponto de luz que se desprendeu da estrelinha cadente e caiu na Terra, quando se deu o *Big-Bang*. O pequeno príncipe e a flor que o ama, que ficou no fim do caminho e não quer ser vista chorando. Saint-Exupéry, de novo: "Só se vê bem com o coração. O essencial é invisível para os olhos".

No fundo do meu coração, pressinto realizada a profecia da menina magrinha e analfabeta. Não é justo que a vida vá me negar o meu amado para sempre: ainda que Rainha da Inglaterra, deixarei por ele o trono. E, o pequeno príncipe: "Os homens esqueceram esta verdade: para sempre você se torna responsável por aqueles a quem cativou". Vou mandar um presentinho adiantado do aniversário especial. Com a certeza de que seja único, ímpar: nunca dado igual por outra mulher.

O meu amado, empresário bem sucedido, o maior charme, enlouquecedor de mulheres, santinho para uns poucos, casanova para muitos. Uma ilha cercada de meninas por todos os lados. Meninas que puxavam o saco do patrão para manter o emprego. Profissionais em início da carreira, cujo objetivo era trabalhar naquela empresa, a mais conceituada do ramo no país. Presenciava o jeito dele de tratar aquelas mulheres jovens e não gostava. Não ultrapassava os limites da ética, não era burro de caçar um processo de assédio que poderia render milhões a uma esperta garota maluca por grana. Não. Mas via naquilo muita intimidade para um diretor-geral, muita brincadeirinha sedutora que me deixava grilada, com ciúmes. As garotas adoravam, é claro. Não é todo dia que um dirigente milionário desce do seu pedestal para ter liberdades com funcionárias de duzentos dólares mensais. Afinal de contas, tinha idade para ser quase avô de muitas delas e tudo ficava por isso mesmo.

Se, ao invés de grande empresário, o meu amado fosse um juiz de interior sem eira nem beira, um psicólogo desempregado, um médico pobrezinho do SUS num posto lá no cafundó-do-judas, e tivesse um sítio de meio alqueire, dependurado na Caixa, a história seria outra. Eu teria ido ao banco, levantado a hipoteca, pagado todas as dívidas. Agradecido, o meu amado viria para mim, ia dizer te amo. Com certeza, estaria falando a verdade. O dinheiro faz milagres. Inclusive leva pessoas a amar a quem o possui. E àquela altura da sua vida não ia se importar com os meios que justificavam os fins.

O dinheiro existe é para comprar a felicidade, e aquele homem era a própria felicidade. A mim só interessava ser feliz, ser o objeto do seu amor. Pouco me importava até quando. Eu o amava, o adorava. Queria, precisava ser correspondida. E o compraria, exatamente dentro das normas básicas capitalistas. Sob o signo do capitalismo, tudo está à venda. Eu tinha grana para muito mais. Pagaria a papelada do divórcio dele, daria uns cem mil em qualquer moeda para a sua mulher sumir no mundo. E ela, no clima enjoativo das bodas de prata, de saco cheio e querendo ser feliz, conhecer outro homem, ainda ia me agradecer por lhe ter mostrado, ao vivo e a cores, tanto dinheiro jamais visto. Além da oportunidade de ser amada como sempre sonhou.

Na minha terra tem um ditado que diz: "Presente de Natal comprado para alguém e não dado, depois de trinta dias vira calango estuporado". Comprei-lhe um livro em edição ultra-sofisticada. Quero que seja um dos melhores que leu na vida, pois, sendo o livro de minha vida, também é o da sua vida. Por isso, não merece virar calango morto. Vou deixar com a secretária, com um recado: se não interessa ler, pode passá-lo adiante. O livro é este romance.

Estou chegando ao fim da minha história, concluindo que o homem que sempre amei não existe. Foi criado por minha imaginação, minhas leituras, minhas novelas, pelas conversas com tanta gente, pelas confissões que me faziam. Diante destas últimas páginas em branco, sofrendo há quatro anos e cinco meses de tanto amor em descrédito desprezado, pela milésima vez me pergunto: – Quem é ele? Faço-me essa indagação diariamente, sonho com ela, e não encontro a resposta. Por mais que entenda o meu amado, ignoro a sua realidade íntima.

De algumas coisas suas, sei: alcançou o máximo que a vida pode dar a alguém, realizou e continua realizando todos os seus sonhos. Sua marca é o desejo de vencer, o louro das vitórias. Seu lema é o "querer é poder". Sucesso profissional completo, tino financeiro, fina inteligência, família reestruturada, filhos e netos acima das expectativas, mãe velhinha, amigos, saúde, beleza, simpatia, reconhecimento público, mulheres apaixonadas. Falta alguma coisa? Nada! Hoje, o meu amado pode dizer de si mesmo que tem tudo. Entretanto, não é feliz. Vê-se isso nos mínimos detalhes do seu jeito de ser e de viver. Consola-se dizendo que a felicidade não existe, que o que há são momentos felizes. E se entrega a filosofias alternativas.

Longe de mim a pretensão de achar que a sua felicidade está guardada comigo. Até os meus quarenta anos, é possível que comigo estivesse a sua chave. Saudável, eu tinha o de melhor que uma mulher poderia almejar. Vivi numa família grande, cercada de riqueza durante muitos anos. Minha juventude aconteceu na época áurea das misses – fantasia maior das adolescentes, tal como as modelos de hoje. De mim, diziam que nunca poderia receber uma faixa somente porque não tinha altura. O resto era todo bonito, inteligente, charmoso.

Eu ria, ria. Achava que nunca fosse precisar disso para ser feliz. Ainda assim, fui princesa no Colégio, rainha das praias de Guarapari e até atriz amadora. Com certeza eu iria servir para o meu amado, poderia ter sido a sua escolhida se antes tivesse despertado da longa noite que sufocou meu coração. Hoje, queria muito que ele encontrasse a felicidade com uma mulher que fosse eu naquela época. Ainda está em tempo e acho que não vai precisar procurar muito. O que não pode continuar é essa divisão que o leva a um desgastante inferno astral.

Continuando as minhas perdas e ganhos: na profissão, cimentei todas as etapas com rapidez e eficiência, colecionando homenagens, prêmios e primeiros lugares. Tive poucos amores e grandes amizades, que se perderam na névoa do tempo ou no Nada da morte. Hoje ainda tenho a minha saúde e a profissão preservadas. O mais, ou perdi – como a juventude, a beleza e a sedução – ou não cheguei a ter – como uma família própria e o meu amor do passado. Esse grande amor, que me nasceu em criança – não me canso de repetir.

E continuo a amá-lo assim mesmo, porque o homem que eu amo nele não existe. O existente é o amor. Ou melhor: o homem que amo sobrevive na minha imaginação, na memória da minha infância perdida. Foi idealizado, materializado na figura deste desconhecido, só fisicamente o mesmo daquele tempo. Tem igual nome, a mesma carteira de identidade, idêntico rosto, igual forma física. Os cabelos embranqueceram, transformaram-se em meus luares prateados. Mas ele é outro, uma figura que desconheço, que não reconheço como objeto do meu amor. Tal como os deuses, às vezes fico achando que essa criatura nem existe. Ou melhor: a que existe em carne-e-osso não é a mesma que amo e adoro. Esta talvez seja um personagem que inventei para eu poder dar conta das últimas cenas do espetáculo da vida.

Não por causa da idade, pois a velhice não muda nossos traços interiores essenciais. Mas porque se revela como uma pessoa fria de coração, olhos gelados, distante e apressado nos caminhos que não cruzam as minhas veredas. Calculista em seus compromissos, agenda lotada de visitas e encontros nos quais nunca estou incluída. Cabeça fervilhante de ocupações e preocupações, onde não cabe nem o mais leve pensamento de mim. Uma pessoa que me diz "não" em inocentes e rasteiros pedidos: "Vamos sentar naquele banco"; "Podíamos caminhar juntos"; "Vamos ao velório do colega". Alguém que se diz amigo mas se comporta como inimigo fosse.

Esse homem, desconheço, não o amo. É simplesmente o duplo daquele que adoro, que habita meu imaginário. Esse duplo meu adorado esbanja calor humano em seu doce e iluminado olhar. Em sua voz de riacho corrente entre pedras brancas faiscando de luz. Em sua fala onde cada palavra eu queria gravar, para ouvir e reouvir sempre, até o meu último dia. Em seus convites de amizade e presença, já que impera o impossível amor.

O homem que amo jamais encenaria excesso de ocupações para se ver livre da minha presença pura emoção, da minha conversa ansiosa em relatar o cotidiano que se alimenta dele. As pessoas só não têm tempo para aquilo que não querem. O meu amado jamais me transformaria em mendiga de um raio de sol em seus olhos cambiantes, dos seus casos só auroras, da sua voz de agüinha de córrego fazendeiro, do seu agitado estar num mundo de nascer, adoecer e morrer.

O homem que amo, mesmo não me amando, arranjaria tempo para falar comigo de vez em quando, sem atropelos, sem pressa, sem interrupções. Ele compreenderia que qualquer coisa que me viesse dele, serve. Que não tenho condições de concorrer com os seus amores. Ele seria capaz de entender a minha precisão de tão somente sabê-lo vivo, de olhar o seu rosto, de segurar a sua mão num cumprimento, de beber um café junto com ele. Afinal, não é todo dia que aparece um imenso amor para nos ser dado.

Esse que tem a mesma identidade do homem que amo, mas não é ele, nem ao menos desconfia do meu sofrimento com o passar do tempo que nos aproxima da partida. Cada dia que escurece e que não o vejo é mais um dia que a futura morte nos rouba. É uma respiração mais forçada no meu caminhar, uma tosse mais renitente na sua garganta.

Mas, apesar de tudo isso, tenho uma grande esperança. Dela vivo. Por causa dela me cuido. Daqui a alguns anos, o homem que criei e o que existe de fato serão um único. Porque, além de mim, ninguém mais vai amá-los. Nossa cultura agüenta os velhos por obrigação, para tranqüilizar a consciência, por reconhecimento do que há muito fizeram por nós. Então, venho pedir a esse desconhecido, clone do meu amado, que, na solidão e limitações da sua-nossa velhice, quando se sentir suportado por mera obrigação e reconhecimento – o que vai nos acontecer, queiramos ou não – venha me chamar para junto dele. Para eu amá-lo como amo hoje. Essa, a minha grande esperança. Porque, desde a construção das pirâmides, para muito além do corpo e num resto de vida entre livros, preciso dizer "Te Amo-Te".

E se, porventura, ele morrer antes de mim, nenhum desespero haverá. Já programei a saída, ratificando versos que José Américo Miranda dedicou a Ana Cristina César:

"A experiência do avesso
é mortal."

Tudo estará pronto. Todas as cartas estarão escritas à viva luz, lacradas em envelope, com endereçamento. Não aderi à campanha da entrega de armas.

Remetente: uma Mulher de Folhetim.

Imaginando colocar um ponto final na minha infeliz história, a história de um amor irrealizado, numa desesperada tentativa de esquecê-lo viajei em grupo para a Índia. Queria recuperar a saúde mental – alguém já disse que o amor sem tamanho é loucura – conhecendo novas terras, apreciando outras culturas. Com direito a visita agendada ao Dalai Lama, em Dharamsala, fazendo parte do caro pacote de viagem. Colunas sociais noticiaram, não entendi por quê. Meu amado leu a notícia. Mandou um mensageiro trazer-me uma carta endereçada a Sua Santidade budista, tendo apenas o seu nome completo no remetente.

Estranhei a incumbência, mas sempre soube que o meu amado era admirador incondicional de Sidarta Gautama e leitor dos livros daquele virtuoso homem exilado, mais uma encarnação do Buda. Segundo me ensinaram quando criança, lacrei a carta na presença do mensageiro. Transportei-a lacrada – apesar da muita curiosidade – até entregá-la ao destinatário. Afinal, não poderia em hipótese alguma trair o meu ainda amado.

    O Dalai Lama nos aguardava no salão principal do templo Céu Dourado. Um a um se aproxima do seu assento, faz a reverência religiosa de praxe. Quem fala inglês troca algumas palavras com ele. Para mim, aquela personalidade religiosa não passava de um homem de bom coração, crédulo e virtuoso em seu eterno voto de castidade. Chegada a minha vez, em silêncio estendo-lhe o envelope, ele o segura, lê o remetente. Rasga o papel com cuidado, passeia os olhos pela carta. Emociona-se. Seu rosto se ilumina. Olha-me bem dentro dos olhos, me deixa siderada. Olho dentro de seus olhos, deles escorre uma furtiva lágrima. E aquela última reencarnação de Sidarta, autoridade religiosa mundial com milhares de seguidores, me fala:

    O seu amor é impossível, nunca será correspondido. Esse brasileiro que me escreve...

9

Katmandu

Nunca mais voltei a falar com o meu amado, nem dele tive notícias. Mais tarde soube que me procurou inutilmente, várias vezes. Tão logo retornei da Índia, embarquei em outra viagem, muito mais longa. Sem ficar em nossa cidade por mais de vinte e quatro horas, para não encontrá-lo. Um amigo que trabalha na UNESCO me arranjou nova bolsa de estudos em Paris, onde passei a morrer de pesquisar, na desesperada tentativa de esquecer o meu sempiterno amor.

Numa manhã gelada, a pesquisa quase concluída, tomava tranqüila o meu desjejum e lia o jornal no Café Florence. Eis que me surge, esbaforido como sempre, o cineasta Gualter Barros. Diretor europeizante, estagiava em Paris, armando-se para um duro trabalho que o esperava no Brasil, em breve. Precisava de um roteirista para aquele próximo filme – uma história maravilhosa, despencada do céu – dizia sorrindo. Ótimo encontrar-me ali! Reiterou que o meu roteiro para aquelas duas histórias do seu filme anterior, referido no princípio deste romance, lhe tinha agradado sobremaneira, gostaria de repetir a dose. Respondi que estava sem tempo e já empenhada em outro tipo de trabalho, congelando-me naquela cidade que é uma festa e vale uma missa, além de integrar minha identidade.

Gualter não deixou por menos. Prometeu-me passar em breve as "anotações" que recebera, gostaria de que eu desse uma lidinha, por curiosidade e sem compromisso. Tratava-se de uma história incrível – gesticulava entusiasmado. Digna de ganhar a Palma de Ouro em Canes! Para não decepcionar o amigo, aceitei a lidinha. Combinamos um encontro para a entrega das tais anotações, no instituto onde eu pesquisava. Gualter me apareceu com um envelope grande e lacrado – que, pelo jeito, não deveria conter mais do que vinte páginas – deu-me seu telefone e despediu-se às pressas, tinha um *rendez-vous*.

Com certa má vontade abri o envelope. Dentro dele, outro envelope, sem remetente, subscritado em vermelho: "Para entregar a Gualter Barros". Eu conhecia aquela letra! Grampeada no envelope, uma carta digitada e não datada:

Prezado Dr. Gualter:

O senhor não me conhece. Meu ex-patrão adorava cinema e era seu admirador.

Como o senhor deve saber – pois aqui tudo se sabe – ele largou família, amigos e negócios para se consagrar monge budista. Nem preciso dizer seu nome, não é? Além do mais, adotou outro. Está muito bem, não ficou louco (alguns maldosos espalharam a falsa loucura) e vive feliz num mosteiro do Nepal.

Para mim, que trabalhei com ele muitos anos como secretária, não foi surpresa. Sempre admirou a vida e a obra de Sidarta Guatama e correspondia-se com o Dalai Lama, o qual o considerava um dos discípulos mais fiéis do lamaísmo na América Latina. Ao nos deixar, pediu-me entregar-lhe estes papéis, para que o senhor veja a possibilidade de transformá-los em um filme. Caso ele se concretize, boa parte da renda é para ser destinada ao mosteiro em que se encontra.

Disponho-me a prestar maiores esclarecimentos. Viajo amanhã para o exterior, mas daqui a trinta dias o senhor poderá encontrar-me na Empresa.

Cordialmente,

Laudêmia Pereira Hernández.

Rasguei sôfrega a sobrecarta. Minha expectativa era a de que, naqueles papéis, o meu amado apenas contasse a sua trajetória em busca do nirvana, os percalços que encontrara no caminho das pedras, a dor de separar-se dos familiares queridos, enfim, como lutara pelo seu Desejo e chegara a realizá-lo. Um Desejo esquisito, inusitado, que afrontava a tradição de nossa cultura judaico-cristã – refleti inconformada. Em seu Desejo, o meu amado se revelava de acordo com este mundo pós-moderno. Nele, as mais exóticas formas de religiosidade e misticismo andam de mãos dadas com o capitalismo globalizado, funcionando como tábuas de salvação para poucos iluminados. Só lamentava que a modalidade de budismo a que ele aderira era uma pedrinha no sapato do governo chinês, pois eu aposto no comunismo à moda de Pequim.

Dessa forma, divisei o meu amigo Gualter envolvido em um filme de auto-ajuda, para o qual já tinha amarrado o conteúdo e precisava de mim para roteirizá-lo. Auto-Ajuda não só com o objetivo de seguir a onda e ganhar boa grana, como também o de incentivar o povão a freqüentar cinema. Eu tinha de cair fora daquilo – foi o que pensei. Como vêem, em alguns momentos de minha vida vivi a um passo do abismo da mais rentável auto-ajuda.

Permaneci mais de duas horas naquele gélido salão do Instituto, imersa num vale de lágrimas ardentes. Ansiosa li todas as folhas, sem pausa. Os olhos queimavam, depois da leitura. Aqueles papéis não se restringiam a relatar a guinada na vida do meu amado. Contavam emocionadamente o seu profundo amor por mim. Amor silenciado, recalcado, sublimado. Expresso numa narrativa fluente, objetiva, correta, sem maiores pretensões literárias. Escrito em caligrafia bela, firme e legível – excentricidade na era do computador. Sublinhava que, quando apareci na sua vida, a decisão de tornar-se monge estava amadurecida, era um caminho sem volta. Nada, nem mesmo um grande amor, poderia demovê-lo do destino escolhido.

Escrevia que, enquanto me lia e me ouvia durante aqueles anos, sem nada me responder nem me dizer, ele também sofria por mim, sofria comigo. Acreditava que a minha força vital me levaria a arranjar outra pessoa para amar, e sem maiores traumas. Pobrezinho! Não tinha noção da magnitude do meu amor, da minha frustração inconsolável, das noites em prantos que passei e ainda passaria por causa dele. Esquecia-se de que eu era uma literata, dividida entre o Romantismo e o Pós-Modernismo. Enquanto me contorcia de dor e me agilizava em praticidade, ele ultimava providências. Não queria deixar problemas para ninguém resolver *a posteriori*, não desejava ser incomodado na nova vida de recolhimento, meditação e orações. Como se tivesse morrido para o mundo exterior a Katmandu.

A última linha dos escritos me pegou fraca, desamparada, desprotegida. Tive medo de desmaiar ali, de morrer sozinha naquela Paris congelada, sem festa fúnebre nem missa de corpo presente. Não sou religiosa. Entretanto, nessas horas...

Dobrando aquelas páginas e segurando as lágrimas, encarei as estantes próximas. Escritores do Romantismo. Um século de romances, contos, poemas e peças teatrais falando de homens e mulheres que, por amor ou apesar do amor, se trancafiavam para sempre num convento, num mosteiro, numa ermida ou numa paróquia. Vinculados ao cristianismo, evidentemente. Religiões orientais e crenças alternativas não eram praticadas no Ocidente, como hoje. Lá estavam, encadernados em marroquim, bem à minha frente, nas primeiras edições de causar inveja a José Mindlin: *Eurico, o Presbítero*, *Frei Luís de Sousa*, *O Seminarista*, *Inspirações do Claustro*. E muitos outros que não cito, para neutralizar os resquícios professorais deste meu romance.

Sem dúvida, o meu amado comportava-se como um herói literário romântico de nobres sentimentos neste século XXI. Século em que as duradouras emoções são facilmente substituíveis pelos descartáveis objetos de mercado. Eu me classifico numa anti-heroína desesperada, afogando-me no mar da Literatura, sem ter como distinguir o real do ficcional. Com um agravante: em criança, quis também entrar para o convento, por amor contrariado a esse mesmo homem... lembra-se? Como vê, no pretérito já me confundi com a própria Literatura.

Ao fim e ao cabo, nós dois acabamos unidos, na medida em que existíamos com um pé na realidade e outro na ficção. Transformando a Vida em Literatura e a Literatura em Vida. Em tragédia, comédia, epopéia e drama. No nosso caso, um dramalhão que talvez venha a ser estraçalhado pela crítica: apesar de romanticamente pós-moderno, tem pé e cabeça, além de tematizar um louco e perdido amor *versus* uma confiante e inabalável religiosidade. E, o pior: talvez o meu romance encontre leitores que, indevidamente e para minha decepção, o confundam com esses livretos de auto-ajuda, que saem das prateleiras que nem água da torneira.

Naquela Paris sentia-me a mulher mais desgraçada do mundo. Chegara o tempo de eu mesma prever o meu futuro: a própria reencarnação de Adèle H. – a filha de Vítor Hugo que, enlouquecida de amor, acompanhou rejeitada o seu amado pelo mundo afora, até que enlouqueceu, de fato e de direito. Nas minhas horas de descanso, vasculhava *sites* de venda de imóveis em Katmandu. Não havia muito o que escolher, mas dava para saber seus preços médios.

Submeti-me ao vexame de contatar meu cunhado – o mesmo que me financiara a campanha a vereadora – pedindo dinheiro emprestado para "fechar um bom negócio no Nepal". Discreto, ele não fez qualquer pergunta, mas deve ter achado que eu estava pirando de vez. Certamente estranhou minha nova cara-de-pau, muito menos cara do que a da campanha, mas me abriu uma conta no Banco Asiático. E entrei numa excursão ecoturística para o Nepal, deixando Gualter Barros em Paris, a ver navios no Sena.

Em Katmandu, não tive coragem de me aproximar do mosteiro em que jazia meu amado. Jazer: este, o verbo exato, para meu desespero: o meu amado se enterrara vivo, deixando-me morta-viva sobre a terra. A empresa de turismo indicou uma imobiliária, que se encarregou de me comprar uma casa nas imediações do monastério. Com o dinheiro na mão, a compra se efetuou rapidamente. Algumas reformas nela requeriam urgência. Deixei-as encaminhadas.

Voltei ao Brasil com um buraco no lugar do coração. Para desfazer-me de meus parcos bens, encaixotar uns quilos de Literatura e despedir-me de entes queridos. Estas últimas folhas do meu romance são também as últimas que escrevo desta biblioteca em que labutei a vida inteira, onde aprendi (e pus em prática) as maiores altissonâncias do amor literário.

Minha residência em Katmandu tem uma varanda enfeitada de flores exóticas. Varanda espaçosa – onde vou dependurar uma rede piraporense – que me servirá de observatório para o monte sagrado. Viverei modestamente, com uma pequena parte desta biblioteca, tal como imaginei no "Convite Irritantemente Ingênuo", poema-prosa em que propunha a meu amado morarmos em uma cabana. De certo modo, aquela casinha confortável nas alturas do mundo não deixa de ser uma cabana. Não a que sonhei para nós dois, mas um lugar de tranqüilidade e ternura para o resto de meus tristes e solitários dias.

Para matar o tempo e ele não me enterrar antes do tempo, darei aulas gratuitas de inglês a meninos dos arredores. Formarei turmas de dez aluninhos espertos, bem-dispostos ao aprendizado. Tal como o meu amado, eles terão seu uniforme, que não será *jeans* e tênis, mas túnica vermelha e sandália rústica. Rasparão a cabeça, imitando com orgulho os monges. O sonho dos garotos é ser guia nas montanhas – profissão rendosa nesses despenhadeiros –, montanhas ao mesmo tempo santificadas, comunistas e rota internacional dos esportes radicais.

Receio que esse meu trabalho de língua inglesa com crianças venha a ser visto como politicamente incorreto, articulado com alguma ONG que vá contribuir com o recrudescimento dos problemas que o Partido Comunista Central enfrenta na região. Vou estudar um jeito de oferecer compensações, desfazendo quaisquer suspeitas de ser eu uma provável agente da sabotagem na terra natal do exilado Dalai Lama.

De minha varanda suspensa enxergarei, no alto da montanha, o lugar em que vive o meu impossível e literário amor. No espírito do sincretismo religioso, às matinas e às vésperas escutarei trechos dos doze concertos – *Diálogos entre a Harmonia e a Criatividade* – de Vivaldi. Em tristeza meditarei, ao som de seus acordes, sobre as minhas quatro estações.

Na primavera, meu vestido avermelhado não traduzirá alegria. Servirá apenas para cobrir-me o corpo da mesma tonalidade com que o meu amado e meus alunos imitativos cobrem o seu.

No verão, o verde da paisagem não simbolizará a esperança, porque o meu amado jamais virá a meu encontro.

No outono, o vento congelante não levará, junto com as folhas cadentes, o eco de minha voz até às nuvens cinzentas que encobrirão o templo centenário.

No inverno, o mosteiro se cobrirá do alvíssimo lençol que faz arder os olhos. Fixando-o, não distinguirei entre o ardor do sal da lágrima e o da brancura cintilante da neve.

O meu amado jamais saberá que estou ali, tão perto e tão longe, e que ali morreremos juntos.

Textos Lembrados

Adalgiza NERY, *Poemas*.
Afrânio PEIXOTO, *O Romance de Tristão e Iseu*.
Alexandre HERCULANO, *Eurico, o Presbítero*.
Almeida GARRETT, *Frei Luís de Sousa*.
Alphonse de LAMARTINE, *A Paixão de Abelardo e Heloísa*.
Antoine de SAINT-ÉXUPÉRY, *O Pequeno Príncipe*.
Antônio BARRETO, *A Barca dos Amantes*.
Antônio de CASTRO ALVES, "Navio Negreiro".
Antônio TORRES, *Um Táxi para Viena d'Áustria*.
Antônio VIEIRA, *Sermão pelo Bom Sucesso das Armas de Portugal contra as de Holanda*.
Antonio VIVALDI, *Diálogos entre a Harmonia e a Criatividade*.
Augusto MAGNE (estabelecimento do texto), *A Demanda do Santo Graal*.
Benito BARRETO, *Um Caso de Fidelidade*.
Benjamin PÉRET, *Amor Sublime*.
Bernardo GUIMARÃES, *O Seminarista*.
Camilo CASTELO BRANCO, *A Doida do Candal*.
Carlos DRUMMOND DE ANDRADE: *Esquecer para lembrar. Boitempo III*, "O Padre e a Moça", "Declaração de Amor", "Caso do Vestido".
Carlos GARDEL & Alfredo LE PERA, *El Día que Me Quieras*.

Carlos Heitor Cony, *A Tarde da sua Ausência*.
Carlos Herculano Lopes, *O Vestido*.
Carlos Nejar, *A Engenhosa Letícia do Pontal*.
Cassiano Ricardo, "Serenata Sintética".
Clarice Lispector, *Uma Aprendizagem ou O Livro dos Prazeres*, "O Búfalo".
Cornélio Penna, *A Menina Morta*.
Dalai-Lama & Howard C. Cutler, *A Arte da Felicidade*.
Délcio Monteiro de Lima, *Os Homoeróticos*.
Eça de Queirós, *Viagem ao Egito*.
Elza Paxeco Machado & José Pedro Machado (org.), *Cancioneiro da Biblioteca Nacional*.
Ernst Hemingway, *O Velho e o Mar*.
F. Acquarone, *Os Grandes Benfeitores da Humanidade*.
Fernando Pessoa, "Chuva Oblíqua".
Fiodor Dostoievski, *Crime e Castigo*.
François Truffaut (direção), *A História de Adèle H*.
Franz Schubert, *O Elogio das Lágrimas*.
Frédéric Portal, *Sobre as Cores Simbólicas, na Antiguidade, na Idade Média e nos Tempos Modernos*.
Gabriel García Márquez, *O Amor nos Tempos do Cólera*.
Gitta Sereny, *Albert Speer: Sua Luta com a Verdade*.
Graciliano Ramos, *Caetés, S. Bernardo, Vidas Secas*.
Helena Morley, *Minha Vida de Menina*.
Homero, *Ilíada, Odisséia*.
Iacyr Anderson Freitas, *Trinca dos Traídos*.
Ítalo Calvino, *O Cavaleiro Inexistente*.
João Guimarães Rosa, *Grande Sertão: Veredas, Tutaméia*.
José Mindlin, *Uma Vida entre Livros: Reencontros com o Tempo*.
James Joyce, *Ulisses*.
Joaquim Maria Machado de Assis, *Ressurreição, Helena, Dom Casmurro, Memórias Póstumas de Brás Cubas, Quincas Borba, A Semana, A Cartomante*.
Joaquim Osório Duque Estrada, *Hino Nacional Brasileiro*.
Johann Wolfgang von Goethe, *Os Sofrimentos de Werther*.
Jorge Amado, *Obra Completa*.
José Américo Miranda, "A Ana Cristina César".

José Lins do Rego, *Menino de Engenho, Doidinho.*
José Saramago, *O Evangelho segundo Jesus Cristo, O Homem Duplicado.*
Julia Kristeva, *Introdução à Semanálise.*
Karl Marx & Friedrich Engels, *Sobre a Literatura e a Arte.*
Lou Andreas-Salomé, *Retrospectiva de Minha Vida.*
Luís de Camões, "Soneto 22" das *Obras Completas.*
Luís Fernando Veríssimo, *Sexo na Cabeça.*
Luís José Junqueira Freire, *Inspirações do Claustro.*
Luzilá Gonçalves Ferreira, *Humana, Demasiado Humana.*
Marcel Louiguy & Édith Piaf, *La vie en rose.*
Maria Rita Kehl, "10 Coisas para Fazer antes de Morrer".
(Mariana Alcoforado), *Cartas de Amor de uma Religiosa: Escritas ao Cavaleiro de C., Oficial Francês em Portugal* (traduzi).
Marino Pinto & Paulo Soledade, *Estrela-do-Mar.*
Mário de Andrade, *Amar, Verbo Intransitivo.*
Monteiro Lobato, *O Sítio do Picapau Amarelo.*
Nelson Algren, *O Homem do Braço de Ouro* (o romance).
O Rei Artur (diversas versões).
Otto Preminger (direção), *O Homem do Braço de Ouro* (o filme).
Pedro Almodóvar (direção), *Tudo sobre Minha Mãe, Mulheres à beira de um Ataque de Nervos.*
Platão, *O Banquete.*
Raul Pompéia, *O Ateneu.*
Robert A. Johnson, *We: A Chave da Psicologia do Amor Romântico.*
Roberto Carlos & Erasmo Carlos, *Debaixo dos Caracóis dos Seus Cabelos.*
Roberto Drummond, *Hilda Furacão.*
Roland Barthes, *Fragmentos de um Discurso Amoroso.*
Sérgio Cardoso & outros, *Os Sentidos da Paixão.*
Sigmund Freud, *A Interpretação dos Sonhos.*
Simone de Beauvoir, *Cartas a Nelson Algren.*
Sófocles, *Édipo Rei.*
Sthepen Hawking, *Uma Breve História do Tempo.*
Stéphane Mallarmé, *Um Lance de Dados.*
Tomás Antônio Gonzaga, *Marília de Dirceu.*
Victor Fleming (direção), *E o Vento Levou.*

Victor Young & Edward Heyman, *Love Letters*.
Vinicius de Moraes, *Para Viver um Grande Amor, Antologia Poética*.
Yves Simoneau (direção), *O Julgamento de Nüremberg*.
Walter Salles Júnior (direção), *Central do Brasil*.
William Shakespeare, *Romeu e Julieta*.

Título	Um Amor Literário
Autora	Letícia Malard
Produção Editorial	Aline Sato
Capa	Negrito Design Editorial
Ilustração da Capa	Henrique Xavier
Foto da Autora	Rafael Pinho
Editoração Eletrônica	Amanda E. de Almeida
Revisão	Cristina Marques
Formato	14 x 21 cm
Tipologia	Minion
Papel de Miolo	Pólen Soft 80 g/m²
Papel de Capa	Cartão Supremo 250 g/m²
Número de Páginas	144
Fotolito	Liner
Impressão	Lis Gráfica